BORIS VIAN

Werke

in Einzelausgaben

Herausgegeben von
Klaus Völker

BORIS VIAN

Das rote Gras

L'herbe rouge

Deutsch von
Eugen Helmlé

Verlag Klaus Wagenbach Berlin

Das rote Gras

1 Der Wind, mild und verschlafen, trieb einen Armvoll Blätter gegen das Fenster. Fasziniert lauerte Wolf auf den kleinen Zipfel Tag, der in regelmäßigen Abständen durch das Zurückschwingen des Astes sichtbar wurde. Grundlos stützte er plötzlich seine Hände auf den Schreibtisch und stand auf. Beim Gehen ließ er die knarrende Diele des Fußbodens knarren und machte dafür zum Ausgleich geräuschlos die Tür zu. Er ging die Treppe hinunter, fand sich draußen wieder, und seine Füße nahmen Kontakt auf mit der Backsteinallee, die von zweispaltigen Brennesseln eingesäumt war und durch das rote Gras des Landes zum Karree führte.

Hundert Schritte weiter zerstückelte die Maschine den Himmel mit ihrer Struktur aus grauem Stahl, umzingelte ihn mit unmenschlichen Dreiecken. Der Monteuranzug des Mechanikers Saphir Lazuli bewegte sich wie ein dicker, tabakbrauner Maikäfer neben dem Motor. Saphir steckte in dem Monteuranzug. Von weitem rief Wolf ihm etwas zu, und der Maikäfer richtete sich auf und streckte sich.

Zehn Meter von dem Apparat entfernt traf er mit Wolf zusammen, und sie legten den Weg gemeinsam zurück.

»Kommen Sie, um ihn zu kontrollieren ?« fragte er.

»Ich habe den Eindruck, daß es Zeit ist«, sagte Wolf.

Er sah sich den Apparat an. Der Kasten war hochgezogen, und zwischen den vier stämmigen Füßen gähnte ein tiefer Brunnen. Er enthielt, richtig angeordnet, die Destruktionselemente, die sich dann, entsprechend ihrer Abnutzung, automatisch gegenseitig nachregulieren sollten.

»Hoffentlich gibt es kein Fiasko«, sagte Wolf. »Genau genommen kann es auch schiefgehen. Es ist knapp kalkuliert.«

»Wenn wir mit einer solchen Maschine ein einziges Fiasko haben«, brummte Saphir, »lerne ich brenusisch und rede für den Rest meines Lebens nichts anderes mehr.«

»Ich lerne es auch«, sagte Wolf. »Du wirst ja schließlich mit jemandem reden müssen, nicht wahr?«

»Keine Geschichten«, sagte Lazuli erregt. »Noch ist es nicht so weit mit dem Brenusisch. Setzen wir sie in Gang? Sollen wir Ihre Frau und meine Folavril holen gehen? Sie müssen das unbedingt sehen.«
»Sie müssen das unbedingt sehen«, wiederholte Wolf ohne Überzeugung.
»Ich nehme den Skooter«, sagte Saphir. »Ich bin in drei Minuten zurück.«
Er bestieg den kleinen Motorroller, der brummend losfuhr und über den Backsteinweg rumpelte. Wolf war allein inmitten des Karrees. Klar und deutlich erhoben sich in einer Entfernung von einigen hundert Metern die hohen Mauern aus rosa Stein.
Wolf stand mitten im roten Gras vor der Maschine und wartete. Seit einigen Tagen kamen die Neugierigen nicht mehr; sie schonten sich für den Tag der offiziellen Einweihung und sahen sich in der Zwischenzeit lieber in Eldorami die verrückten Boxer und den Vorführer der vergifteten Ratten an. Der ziemlich tiefhängende Himmel blitzte geräuschlos. Im Augenblick konnte man ihn mit dem Finger berühren, wenn man auf einen Stuhl stieg; aber eine Bö, ein plötzliches Umspringen des Windes genügten, damit er sich zusammenziehen und ins Unendliche erheben würde...
Er trat an die Schalttafel heran, und seine gestreckten Hände verspürten ihre Festigkeit. Wie immer war sein Kopf leicht geneigt, und sein hartes Profil hob sich von dem weniger haltbaren Blech des Kontrollschrankes ab. Der Wind klatschte das weiße Leinenhemd und die blaue Hose gegen seinen Körper.
Stehend, ein wenig verwirrt, wartete er auf die Rückkehr Saphirs. Alles begann ganz einfach auf diese Weise. Der Tag war genau wie alle andern, und nur ein sehr geübter Beobachter hätte den fadenförmigen Streifen, wie ein goldener Riß, bemerken können, der genau über der Maschine den Azur markierte. Doch Wolfs nachdenkliche Augen träumten

im roten Gras. Ab und zu vernahm man das flüchtige Echo eines Autos hinter der Westwand des Karrees, am Rande der Landstraße. Die Geräusche trugen weit: es war ein Ruhetag, und die Leute langweilten sich in der Stille.
Darauf rüttelte der kleine Motor des Rollers im Schluckauf über die Backsteinstraße; einige Sekunden vergingen, und ohne sich umzudrehen, nahm Wolf an seiner Seite das blonde Parfüm seiner Frau wahr. Er hob die Hand, und sein Finger drückte den Schalter ein. Mit einem sehr feinen Pfeifen begann der Motor sich zu drehen. Die Maschine vibrierte. Der graue Kasten nahm wieder seinen Platz über dem Brunnen ein. Sie standen reglos da. Saphir hielt die Hand Folavrils, die ihre Augen hinter einem Gitter gelber Haare verbarg.

2

Sie betrachteten alle vier die Maschine, und es entstand ein hartes Knacken in dem Augenblick, in dem das zweite Element, von den Greifern des Hauptelements in Gang gesetzt, an der Basis des Kastens dessen Stelle einnahm. Der steife Schwinghebel schwang ohne Ruck, ohne Erschütterung hin und her. Der Motor hatte seine Drehzahl erreicht, und der Auspuff grub eine lange Rinne in den Staub.
»Sie läuft«, sagte Wolf.
Lil preßte sich an ihn, und er spürte durch den Stoff seiner Arbeitshose hindurch die elastische Form ihrer Hüften.
»Na?« sagte sie, »gönnst du dir jetzt ein paar freie Tage?«
»Ich muß nach wie vor herkommen«, sagte Wolf.
»Aber du hast doch die Arbeit gemacht, mit der sie dich beauftragt haben...«, sagte Lil. »Jetzt ist es vorbei.«
»Nein«, sagte Wolf.
»Wolf...«, murmelte Lil. »Also... nie...«
»Danach...« sagte Wolf. »Zuerst...«
Er zögerte, fuhr dann fort.
»Sobald sie eingefahren ist«, sagte er, »werde ich es versuchen.«

»Was willst du eigentlich vergessen«, sagte Lil mürrisch.
»Wenn man sich an nichts erinnert«, gab Wolf zur Antwort, »ist es sicherlich nicht das gleiche.«
Lil ließ nicht nach.
»Aber du wirst dich ausruhen ... Ich möchte zwei Tage von meinem Mann ...«, sagte sie halblaut mit Sex im Tonfall.
»Ich will morgen gern bei dir bleiben«, sagte Wolf. »Aber übermorgen ist sie sicherlich soweit eingespielt, daß ich sie überprüfen muß.«
Saphir und Folavril, die umschlungen neben ihnen standen, bewegten sich nicht. Zum ersten Mal hatte er seine Lippen auf die seiner Freundin zu drücken gewagt und er bewahrte ihren Himbeergeschmack. Er schloß die Augen, und das Surren der Maschine genügte, um ihn anderswohin zu versetzen. Und dann betrachtete er den Mund Folavrils und ihre wie Panther-Reh-Augen in den Winkeln hochgezogenen Augen, und plötzlich spürte er die Gegenwart eines andern. Nicht Wolf und Lil ... Eines Fremden ... Er schaute ... Neben ihm stand ein Mann, der sie beobachtete. Sein Herz hüpfte, aber er machte keine Bewegung. Er wartete und beschloß dann, sich mit den Händen über die Augen zu fahren. Lil und Wolf sprachen. Er hörte das Gemurmel ihrer Worte ... Er preßte heftig die Augen zusammen, bis er funkelnde Sterne sah und öffnete sie dann wieder. Niemand. Folavril hatte nichts gemerkt. Sie blieb an ihn gepreßt, fast gleichgültig ... er selber hatte kaum an das gedacht, was sie taten.
Wolf streckte den Arm aus und packte Folavril an der Schulter.
»Auf jeden Fall«, sagte er, »kommst du mit deinem Scheich heute abend zum Abendessen zu uns.«
»Oh ja! ...« sagte Folavril. »Aber einmal wenigstens müssen Sie Senator Dupont dabei sein lassen ... Er ist immer in der Küche, der arme Alte!«
»Der wird sich den Magen verderben und daran krepieren«, sagte Wolf.

»Prima«, sagte Lazuli und strengte sich an, um lustig zu sein.
»Das heißt also, daß es einen richtigen Festschmaus gibt.«
»Verlassen Sie sich darauf«, sagte Lil.
Sie mochte Lazuli gern. Er sah so jung aus.
»Morgen«, sagte Wolf zu Lazuli, »mußt du das alles allein überwachen. Ich nehme einen Ruhetag.«
»Keinen Ruhetag«, flüsterte Lil und rieb sich an ihm. »Ferien. Mit mir.«
»Darf ich Lazuli begleiten?« fragte Folavril.
Saphir drückte ihr zärtlich die Hand, um ihr zu sagen, daß sie lieb sei.
»Oh«, sagte Wolf, »ich habe nichts dagegen, aber keine Sabotage.«
Wieder ein brutales Knacken und der Nocken des zweiten Stummels zog den dritten aus der Reserve.
»Es läuft ganz von allein«, sagte Lil. »Kommt, gehen wir.«
Sie machten kehrt. Alle waren erschöpft wie nach einer großen Spannung. In der Luft der Abenddämmerung erkannten sie die graue, haarige Silhouette von Senator Dupont, den das Dienstmädchen gerade losgelassen hatte und der ihnen entgegenlief und dabei aus vollem Halse miaute.
»Wer hat ihm denn das Miauen beigebracht ?« fragte Folavril.
»Marguerite«, gab Lil zur Antwort. »Sie sagt, daß ihr Katzen lieber sind, und der Senator kann ihr nichts abschlagen. Dabei tut ihm das im Hals sehr weh.«
Unterwegs nahm Saphir Folavrils Hand und drehte sich zweimal um. Beim zweiten Mal hatte er den Eindruck gehabt, daß ihnen ein Mann folgte, um sie zu belauschen. Es waren sicherlich die Nerven. Er rieb seine Wange an den langen Haaren des blonden Mädchens, das im gleichen Schritt neben ihm herging. Weit hinter ihnen murmelte die Maschine in den unbeständigen Himmel, und das Karree lag ausgestorben da und menschenleer.

3 Wolf suchte auf seinem Teller einen schönen Knochen aus und legte ihn mitten auf den Teller von Senator Dupont, der ihm gegenüber thronte, eine Serviette elegant um seinen schäbigen Hals geknotet. Der Senator, der sich wie ein Schneekönig freute, deutete ein joviales Bellen an, das er sogleich in ein prächtig moduliertes Miauen verwandelte, da er den erzürnten Blick des Dienstmädchens auf sich ruhen fühlte. Diese bot nun ebenfalls ihre Gabe dar. Eine dicke Kugel aus Brotkrumen, zwischen ganz schwarzen Fingern gerollt, und der Senator verschlang das Ding mit einem tönenden »flupp«.

Die vier andern unterhielten sich, Genre Tischgespräch, reich mir das Brot rüber, ich habe kein Messer, leih mir deine Feder, wo sind die Murmeln, ich habe eine Kerze, die nichts bringt, wer hat bei Waterloo gewonnen, ein Schelm, wer Arges dabei denkt, und die Kühe werden meterweise gesäumt. Das Ganze in sehr wenigen Worten, denn schließlich war Saphir in Folavril verliebt, Lil in Wolf und umgekehrt, wegen der Symmetrie der Geschichte. Und Lil glich Folavril, denn sie hatten beide lange, blonde Haare, Lippen zum Küssen und eine schmale Taille. Folavril trug sie höher, wegen ihrer vollkommenen Beine, doch Lil zeigte hübschere Schultern, und außerdem hatte Wolf sie geheiratet. Ohne seinen tabakbraunen Monteuranzug wirkte Saphir Lazuli verliebter; es war die erste Phase, er trank reinen Wein. Das Leben war leer und nicht traurig beim Warten. Für Wolf. Für Saphir überschäumend und nicht qualifizierbar. Für Lil folgenreich. Folavril dachte nicht. Sie lebte einfach nur, und sie war sanft, wegen ihrer Panther-Reh-Augen in den Winkeln.

Man trug auf und trug ab, Wolf wußte nicht wer. Er konnte einen Dienstboten nicht anschauen, denn das beschämt einen. Er schenkte Saphir, der trank, und Folavril, die lachte, Wein ein. Das Dienstmädchen ging hinaus und kam aus dem Garten mit einer Konservendose zurück, die sie mit einer Mischung aus Erde und Wasser gefüllt hatte und die sie Senator Dupont zu fressen geben wollte, um ihn zu necken. Er begann einen Höllenspektakel zu machen, wobei er jedoch genügend Selbstbeherrschung bewahrte, um von Zeit zu Zeit zu miauen, wie eine anständige Hauskatze.

So wie die meisten Handlungen, die jeden Tag wiederholt werden, hatte auch die Mahlzeit keine wahrnehmbare Dauer. Sie verlief, das ist alles. In einem hübschen Raum mit Wänden aus lackiertem Holz, großen Fenstern mit dickem, bläulichem Glas, einer Decke, die mit geraden, dunklen Balken gestreift war.

Der Boden, blaßorangen gefließt, senkte sich ein wenig zur Mitte des Raums hin, um eine intime Atmosphäre zu zaubern. Auf einem Kamin aus zusammenpassenden Backsteinen thronte das Porträt des Senators Dupont im Alter von drei Jahren, mit einem schönen, silberbeschlagenen Halsband. Spiralenblumen aus Kleinasien schmückten eine durchsichtige Vase; zwischen den unebenen Stielen schwammen kleine Meeresfische umher. Durch das Fenster sah man die langen Tränenstreifen der Abenddämmerung auf den schwarzen Wangen der Wolken.

»Reich mir das Brot rüber«, sagte Wolf.

Saphir, der ihm gegenüber saß, streckte den rechten Arm aus, nahm den Brotkorb und hielt ihn ihm mit dem linken Arm hin – warum nicht.

»Ich habe kein Messer«, sagte Folavril.

»Leih mir deine Feder«, gab Lil zur Antwort.

»Wo sind die Murmeln«, fragte Saphir.

Dann hielten sie eine Weile inne, denn das genügte, um das Gespräch bis zum Braten in Gang zu halten. Außerdem gab es an diesem Abend, einem Gala-Abend, gar keinen Braten zu essen; ein dickes, in Staniol goldbraun gebratenes Hähnchen gluckste gedämpft in der Mitte einer australischen Porzellanschüssel.

»Wo sind die Murmeln«, sagte Saphir noch einmal.

»Ich habe eine Kerze, die nichts bringt«, bemerkte Wolf.

»Wer hat bei Waterloo gewonnen?« warf, ohne vorher Bescheid zu sagen, Senator Dupont dazwischen und schnitt Lil damit das Wort ab.
Dies rief ein zweites Schweigen hervor, denn das war nicht im Programm vorgesehen. Zum Schein gewissermaßen erhoben sich die vereinten Stimmen von Lil und Folavril.
»Ein Schelm, wer Arges dabei denkt...«, behaupteten sie mit der größten Ruhe.
»Und die Kühe werden meterweise gesäumt, zweimal«, antworteten in einem perfektionierten Kanon Saphir und Wolf. Dabei dachten sie ganz offensichtlich an etwas anderes, denn ihre beiden Augenpaare hatten aufgehört, aufeinander abgestimmt zu sein.
Das Abendessen verlief also zur allgemeinen Zufriedenheit.
»Setzen wir den Abend fort?« schlug Lazuli beim Nachtisch vor. »Es behagt mir nicht, wieder zum Schlafen hinaufzugehen.«
Er bewohnte die Hälfte der zweiten Etage, Folavril die andere. Nur so, ganz zufällig.
Lil hätte gern mit Wolf geschlafen, aber sie dachte, daß das Wolf vielleicht amüsieren würde. Ihn zerstreuen würde. Ihn entspannen würde. Ihn kitzeln würde. Seine Freunde zu sehen. Sie sagte zu ihm:
»Ruf deine Freunde an.«
»Welche?« fragte Wolf und nahm den Hörer ab.
Man sagte ihm welche, und sie waren nicht abgeneigt. Wegen der Atmosphäre lächelten Lil und Folavril währenddessen.
Wolf legte den Hörer auf. Er hatte geglaubt, Lil eine Freude zu machen. Da sie, aus Takt, überhaupt nichts sagte, verstand er sie wenig.
»Was sollen wir tun ?« sagte er. »Das gleiche wie die andern Male? Schallplatten, Flaschen, Tanz, zerrissene Vorhänge, verstopftes Waschbecken? Aber schön, wenn es dir Freude macht, meine Lil.«
Lil hätte am liebsten geweint. Ihr Gesicht in einem großen

Haufen blauer Flaumfedern versteckt. Sie schluckte ihren Kummer mühsam hinunter und sagte zu Lazuli, er solle den Schrank mit den Getränken aufmachen, um trotz allem froh zu sein. Folavril verstand in etwa und sie stand auf und drückte Lil im Vorbeigehen das Handgelenk.

Das Dienstmädchen füllte das linke Ohr von Senator Dupont, anstelle des Nachtischs, mit einem Löffelchen voll gezähmtem Colman-Senf, und der Senator schüttelte den Kopf aus Furcht, eine entgegengesetzte Bewegung, etwa das Wedeln mit dem Schwanz, könne als ein Zeichen der Hochachtung angesehen werden.

Lil wählte eine hellgrüne Flasche unter den zehn, die Lazuli herausgenommen hatte und goß sich ein bis an den Rand gefülltes Glas ein, ohne Platz zu lassen für das Wasser.

»Ein Glas, Folle?« schlug sie vor.

»Gern«, sagte Folavril, »Freundin.«

Saphir verschwand in Richtung Badezimmer, um einige Einzelheiten seiner Toilette zu verbessern. Wolf sah aus dem westlichen Fenster.

Einer um den andern erloschen die roten Streifen der Wolken, mit einem leichten Gemurmel, dem Zischen eines heißen Eisens im Wasser. Es gab eine Sekunde, in der alles bewegungslos blieb.

Eine Viertelstunde später kamen die Freunde zum Unterhaltungsabend. Saphir kam aus dem Badezimmer, mit roter Nase, weil er dran gedrückt hatte, und legte die erste Schallplatte auf. Sie hatten welche bis halb vier, vier Uhr. Dort drüben, mitten im Karree, brummte die Maschine immer noch, und der Motor durchlöcherte die Nacht mit seinem kleinen, steifen Licht.

4 Zwei Paare tanzten noch, eines davon war aus Lil und Lazuli gebildet. Lil war zufrieden: man hatte sie den ganzen Abend über zum Tanzen aufgefordert, und mit einigen Gläsern Haltung war alles sehr gut abgegangen. Wolf sah einen Augenblick zu ihnen hinüber und schlich sich dann hinaus, um in sein Büro zu gehen. Dort stand in einer Ecke auf vier Beinen ein großer polierter Silberspiegel. Wolf trat heran und streckte sich der ganzen Länge nach aus, das Gesicht gegen das Metall gepreßt, um von Mann zu Mann mit sich zu sprechen. Ein Silberwolf wartete vor ihm. Er drückte seine Hände auf die kalte Oberfläche, um sich seiner Gegenwart zu versichern.

»Was hast du?« sagte er.

Sein Spiegelbild machte eine Gebärde der Unwissenheit.

»Worauf hast du Lust?« sagte Wolf noch einmal. »Die Luft ist hier doch nicht schlecht.«

Seine Hand näherte sich der Wand und betätigte den Schalter. Der Raum fiel plötzlich in Dunkelheit. Nur Wolfs Bild blieb beleuchtet. Es bezog sein Licht von anderswo her.

»Was willst du tun, um da herauszukommen?« fuhr Wolf fort. »Und außerdem, um wo herauszukommen?«

Das Spiegelbild seufzte. Ein Seufzer des Überdrusses. Wolf begann höhnisch zu lachen.

»Richtig, beklag dich nur. Im Grunde klappt nichts. Du wirst sehen, Kleiner. Ich werde in diese Maschine steigen.«

Sein Bild schien ziemlich gelangweilt.

»Was«, sagte Wolf, »sehe ich hier? Nebel, Augen, Leute ... Staub ohne Dichte... und dann dieser verfluchte Himmel wie eine Scheidewand.«

»Bleib ruhig«, sagte das Spiegelbild deutlich. »Du gehst uns gewissermaßen auf den Wecker.«

»Das ist enttäuschend, wie?« spottete Wolf. »Du hast wohl Angst, daß ich enttäuscht bin, wenn ich alles vergessen habe? Es ist besser enttäuscht zu sein, als ins Unbestimmte hinein zu hoffen. Auf jeden Fall muß man Bescheid wissen. Wenn

sich schon einmal die Gelegenheit bietet ... Aber so antworte doch, Kerl! ...«
Sein Gegenüber blieb stumm, mißbilligend.
»Außerdem hat mich die Maschine nichts gekostet«, sagte Wolf. »Kannst du dir das vorstellen! Das ist meine Chance. Die Chance meines Lebens, jaa. Sollte ich sie auslassen? Kommt überhaupt nicht in Frage. Eine Lösung, die einen zerstört, ist besser als irgendeine Ungewißheit. Bist du nicht einverstanden?«
»Nicht einverstanden«, wiederholte das Spiegelbild.
»Es reicht«, sagte Wolf brutal. »Ich habe gesprochen. Du zählst nicht. Du nützt mir nichts mehr. Ich wähle. Die Klarheit. Ah! Ah! Ich rede in Großbuchstaben.«
Er richtete sich mühsam auf. Vor ihm war sein Bild, wie eingraviert in das Silberblatt. Er machte wieder Licht und langsam verschwand es. Seine Hand auf dem Schalter war weiß und hart wie das Metall des Spiegels.

5

Wolf machte sich ein wenig zurecht, bevor er wieder ins Wohnzimmer zurückging, in dem man beim Tanzen trank. Wusch sich die Hände, ließ sich einen Schnurrbart stehen, stellte fest, daß er ihm nicht stand, rasierte ihn auf der Stelle ab und knotete seine Krawatte auf eine andere, voluminösere Art, denn die Mode hatte sich gerade geändert. Dann ging er, auf die Gefahr hin, ihn zu schockieren, in umgekehrter Richtung durch den Flur. Im Vorbeigehen legte er den Sicherheitsschalter um, der dazu diente, während der langen Winterabende die Atmosphäre zu variieren. Auf Grund dieser Tatsache wurde die Beleuchtung ersetzt von extra-milden Röntgenstrahlen, die vorsichtshalber noch abgestumpft worden waren und auf die lumineszierenden Wände das vergrößerte Bild des Herzens der Tänzer warf. Am regelmäßigen Rhythmus sah man, ob sie ihre Partner liebten.

Lazuli tanzte mit Lil. In dieser Hinsicht lief alles bestens, und ihre Herzen, beide von recht hübscher Form und dennoch sehr verschieden, schlugen zerstreut und ruhig. Folavril lehnte am Büffet, ihr Herz stand still. Die beiden anderen Paare hatten sich durch den Austausch ihres legalen weiblichen Elements gebildet, und das Tempo der Herzschläge bewies unbestreitbar, daß sich dieses System über den Tanz hinaus erstreckte.

Wolf forderte Folavril zum Tanz auf. Sanft, gleichgültig, ließ sie sich führen. Sie kamen am Fenster vorbei. Es war spät oder früh, und die Nacht rieselte mit Wirbeln auf das Dach des Hauses, trieb wie schwerer Rauch an dem rötlich glühenden Licht entlang, das ihn sogleich verdunsten ließ. Wolf blieb allmählich stehen. Sie hatten die Tür erreicht.

»Komm«, sagte er zu Folavril. »Wir machen draußen einen kleinen Gang.«

»Gern«, gab sie zur Antwort.

Im Vorbeigehen griff sie sich auf einem Teller eine Handvoll Kirschen, und Wolf trat zurück, um sie hinausgehen zu lassen. Sie berührten die Nacht mit ihrem ganzen Körper. Der Himmel war von Dunkelheit durchtränkt, sich unaufhörlich verändernd, unbeständig, wie das Bauchfell einer schwarzen Katze mitten bei der Verdauung. Wolf hielt Folavril am Arm; sie gingen den Kieselsteinweg entlang. Ihre knirschenden Füße gaben kleine, schrille Noten in Form von Feuersteinglöckchen von sich. Über den Rand des Rasens stolpernd, hielt Wolf sich an Folavril fest. Sie gab nach, sie fielen aufs Gras, und da sie es warm fanden, streckten sie sich nebeneinander aus, ohne sich zu berühren. Ein Zusammenzucken des Himmels entschleierte plötzlich einige Sterne. Folavril knabberte Kirschen; man hörte, wie der frische, duftende Saft in ihren Mund platzte. Wolf lag flach auf dem Boden, seine Hände zerknitterten und zerdrückten duftende Gräser. Er hätte gern da geschlafen.

»Amüsierst du dich, Folle?« fragte er.

»Ja ...« sagte Folavril zweifelnd. »Aber Saphir ... ist heute komisch. Er wagt mich nicht zu küssen. Er dreht sich ständig um, als wäre jemand da.«
»Das wird sich jetzt geben«, sagte Wolf. »Er hat zuviel gearbeitet.«
»Ich hoffe, daß es so ist«, sagte Folavril. »Es ist vorbei.«
»Die Hauptsache ist getan«, sagte Wolf. »Aber morgen werde ich sie ausprobieren.«
»Oh, ich würde gern mitkommen«, sagte Folavril. »Wollen Sie mich mitnehmen?«
»Ich kann nicht«, sagte Wolf. »Theoretisch dient sie gar nicht dazu. Und wer weiß, was ich dahinter finden werde? Bist du nie neugierig, Folle?«
»Nein«, sagte sie. »Ich bin viel zu faul. Und außerdem bin ich fast immer zufrieden, folglich ist mir die Neugierde fremd.«
»Du bist die Sanftmut in Person«, sagte Wolf.
»Warum sagen Sie mir das, Wolf ?« fragte Folavril mit einer Modulation in der Stimme.
»Ich habe nichts gesagt«, murmelte Wolf. »Gib mir ein paar Kirschen.«
Er spürte die kühlen Finger, die sein Gesicht streichelten und seinen Mund suchten, wobei sie ihm eine Kirsche zwischen die Lippen schoben. Er ließ sie einige Sekunden warmwerden, bevor er daraufbiß und den beweglichen Kern abnagte. Folavril war ganz nahe bei ihm, und der Duft ihres Körpers vermischte sich mit den Gerüchen der Erde und des Grases.
»Du riechst gut, Folle«, sagte er. »Ich mag dein Parfüm.«
»Ich mache keins an mich«, gab Folavril zur Antwort.
Sie sah zu, wie die Sterne am Himmel hintereinander herliefen und mit großen Blitzen zusammentrafen. Drei von ihnen, oben rechts, ahmten einen orientalischen Tanz nach. Nachtspiralen verdeckten sie für Augenblicke.
Wolf drehte sich langsam um, um seine Stellung zu ändern. Er wollte keine Sekunde den Kontakt mit dem Gras verlieren. Seine Hand, die einen Halt suchte, stieß auf das Fell eines

unbeweglichen kleinen Tieres. Er riß die Augen auf, versuchte es in der Dunkelheit zu erkennen.
»Ich habe ein sanftes Tier neben mir«, sagte er.
»Danke!...« gab Folavril zur Antwort.
Sie lachte sehr still.
»Ich meine nicht dich«, sagte Wolf. »Das würde ich merken. Es ist ein Maulwurf... oder ein Maulwurfbaby. Es bewegt sich nicht, aber es ist lebendig... da, hör mal, wenn ich es streichele.«
Das Maulwurfbaby begann zu schnurren. Seine kleinen roten Augen glänzten wie weiße Saphire. Wolf setzte sich und legte es Folavril auf die Brust, dorthin, wo das Kleid anfing, genau zwischen die beiden Brüste.
»Es ist sanft«, sagte Folavril.
Sie lachte.
»Es ist angenehm hier.«
Wolf ließ sich wieder aufs Gras fallen. Er war an die Dunkelheit gewöhnt und begann zu sehen. Einige Zentimeter vor ihm ruhte Folavrils Arm, glatt und hell. Er schob den Kopf vor, und seine Lippen berührten leicht die Schattenmulde der Armbeuge.
»Folle... du bist hübsch.«
»Ich weiß nicht...« murmelte sie. »Ich fühle mich wohl. Sollen wir hier schlafen?«
»Wir könnten«, sagte Wolf. »Ich habe vorhin schon einmal daran gedacht.«
Seine Wange legte sich auf Folavrils Schulter, die noch ein wenig eckig war von zuviel Jugend.
»Wir werden mit Maulwürfen bedeckt aufwachen«, sagte sie noch.
Sie lachte wieder, mit ihrem leisen, tiefen, ein wenig gedämpften Lachen.
»Das Gras riecht gut«, sagte Wolf. »Das Gras und du. Es ist voller Blumen. Wie riechen denn die Maiglöckchen? Es gibt gar keine Maiglöckchen mehr.«

»Ich erinnere mich an die Maiglöckchen«, sagte Folavril. »Früher war alles voller Maiglöckchen, ganze Felder, dicht wie ein Bürstenhaarschnitt. Man setzte sich mitten hinein und pflückte sie ohne aufzustehen. Alles voller Maiglöckchen. Aber hier ist es eine andere Pflanze, mit orangefarbenen Fleischblüten, wie kleine runde Scheiben. Ich weiß nicht, wie man sie nennt. Unter meinem Kopf sind Veilchen des Todes und dort, bei meiner anderen Hand, sind Asphodelen.«

»Bist du sicher?« fragte Wolf mit einer etwas fernen Stimme.

»Nein«, sagte Folavril. »Aber ich habe nie welche gesehen, und da ich diesen Namen mag und diese Blumen, bringe ich beide zusammen.«

»Es ist genau das, was man tut«, sagte Wolf. »Man bringt das zusammen, was man liebt. Wenn man sich nicht selber so lieben würde, wäre man immer allein.«

»Heute abend sind wir ganz allein«, sagte Folavril. »Beide ganz allein«.

Sie stieß einen Seufzer des Wohlbehagens aus.

»Wohl fühlt man sich hier«, murmelte sie.

»Das ist der Wachzustand«, sagte Wolf.

Sie schwiegen. Folavril streichelte zärtlich das Maulwurfbaby, das vor Zufriedenheit brüllte... ein ganz leises Maulwurfbabybrüllen. Leerschneisen öffneten sich über ihnen, gehetzt von einer beweglichen Dunkelheit, die für Augenblicke die Sterne ihrer Sicht entzog. Sie schliefen ein, ohne zu sprechen, den Körper auf der warmen Erde, im Duft der blutroten Blumen. Der Tag würde bald anbrechen. Vom Haus drang ein ungewisses Stimmengewirr herüber, verfälscht wie blaues Kammgarn. Ein Grashalm bog sich unter dem unmerklichen Atem Folavrils.

6 Überdrüssig, noch länger auf Lils Erwachen zu warten, das möglicherweise erst am Abend erfolgte, kritzelte Wolf ein kleines Briefchen, das er neben ihr liegen ließ und ging aus dem Haus, bekleidet mit seinem grünen Anzug, speziell entworfen, um »Klotz« zu spielen.

Senator Dupont, von dem Dienstmädchen schon angeschirrt, folgte ihm und zog dabei den kleinen Wagen hinter sich her, in den man die Kugeln und die Fähnchen legte, die Schürf-Schaufel und die Pflanzspitze, ohne den Stoß-Zähler und den Kugel-Siphon zu vergessen, für den Fall, daß das Loch zu tief war. Wolf hatte seine Klotz-Stöcke in einem Etui umgehängt: den mit dem offenen Winkel, den mit dem toten Winkel und den, den man nie benutzt, der aber sehr stark glänzt.

Es war elf Uhr. Wolf fühlte sich ausgeruht, aber Lil hatte bis zum Morgen getanzt ohne innezuhalten. Saphir mußte an der Maschine arbeiten. Folavril schlief wahrscheinlich auch. Der Senator fluchte wie ein richtiger Teufel. Er mochte Klotz überhaupt nicht und empörte sich vor allem gegen den kleinen Wagen. Wolf bestand darauf, daß er ihn von Zeit zu Zeit zog, damit sein Bauch abnahm, als Ergebnis der Leibesübung. Senator Duponts Seele trug einen Trauerflor; abgesehen davon, daß sein Bauch nie abnehmen würde, war er viel zu angespannt. Alle drei Meter machte der Senator Halt und verzehrte ein Büschel Quecke.

Das Klotz-Gelände erstreckte sich am Rande des Karrees, hinter der südlichen Mauer. Das Gras war dort nicht rot, sondern von einem schönen, künstlichen Grün, verziert mit Gehölz und Geländen für schielende Kaninchen. Man konnte hier stundenlang klotzen, ohne daß man wieder umkehren mußte; dies stellte eines seiner Hauptvergnügen dar. Wolf schritt schnell aus, genoß die Luft des frisch gelegten Morgens. Ab und zu rief er Senator Dupont etwas zu und machte sich über ihn lustig.

»Hast du noch Hunger?« fragte er ihn, als sich der Senator wieder auf eine besonders hohe Quecke stürzte. »Man muß es annehmen! Dann wirst du eben hin und wieder Quecke bekommen.«

»Schon gut, schon gut«, brummte der Senator. »Ich finde das sehr witzig, sich über einen unglücklichen Alten lustigzumachen, der kaum die Kraft hat, sich selber dahinzuschleppen und den man zu allem Überfluß auch noch schwere Karren ziehen läßt.«

»Das hast du auch bitter nötig«, sagte Wolf. »Du setzt Bauch an. Du wirst alle Haare verlieren und dir die Röte holen und ekelhaft sein.«

»Für das, was ich mit dem Vieh mache, genügt mir das«, sagte der Senator. »Auf jeden Fall wird mir das Dienstmädchen das, was mir noch bleibt, mit ihrem wilden Kämmen ausreißen.«

Wolf ging voraus und sprach, ohne sich umzudrehen, die Hände in den Taschen.

»Immerhin«, sagte er. »Nehmen wir einmal an, es läßt sich hier jemand nieder und er hat, sagen wir... eine Hündin...«

»Auf die Tour kriegen Sie mich nicht«, sagte der Senator, »ich habe das alles hinter mir.«

»Ausgenommen die Quecke«, sagte Wolf. »Komischer Geschmack. Ich würde eine hübsche kleine Hündin vorziehen.«

»Sie brauchen sie sich nicht zu versagen«, sagte der Senator. »Ich bin nicht eifersüchtig. Mir tun nur die Eingeweide etwas weh.«

»Aber als du das alles gegessen hast«, sagte Wolf, »hast du im Grunde doch fürs erste deinen Spaß dabei gehabt.«

»Hm...«, sagte der Senator. »Abgesehen von dem Brei auf dem Boden und dem Senf im Ohr ging es.«

»Du kannst dich ja wehren«, sagte Wolf. »Du könntest ihr sehr gut beibringen, dich zu respektieren.«

»Ich bin nicht respektabel«, sagte der Senator. »Ich bin ein alter, stinkender Hund und ich fresse den ganzen Tag über. Pah!...«, fügte er hinzu und führte eine schlaffe Pfote an seine Schnauze... Entschuldigen Sie bitte eine Sekunde...

Diese Quecke war von guter Qualität... Sie wirkt... Machen Sie den Wagen los, wenn Ihnen das nichts ausmacht, es könnte sein, daß er mich stört.«

Wolf beugte sich vor und befreite ihn von dem Ledergeschirr, das ihn an die Deichsel fesselte. Der Senator zog ab, die Nase am Boden, auf der Suche nach einem kleinen Gebüsch mit entsprechendem Geruch und geeignet, den Augen Wolfs die entehrende Tätigkeit zu verbergen, die folgen sollte. Wolf blieb stehen, um auf ihn zu warten.

»Laß dir Zeit«, sagte er zu ihm. »Es kommt uns nicht auf die Minute an.«

Sehr damit beschäftigt, seinem Schluckauf einen Rhythmus zu geben, antwortete Senator Dupont nicht. Wolf setzte sich auf den Boden, die Fersen unterm Hintern, und begann von vorn nach hinten sich hin- und herzuwiegen, wobei er seine Knie mit seinen Armen umklammerte. Er trällerte, um das Interesse an der Handlung zu verstärken, eine gefühlvolle Melodie.

Hier fand ihn Lil fünf Minuten später. Der Senator fand kein Ende, und Wolf wollte gerade aufstehen, um ihm auf den Rücken zu klopfen. Die eiligen Schritte Lils hielten ihn zurück; er wußte, ohne hinzuschauen, wer es war. Sie trug ein Kleid aus feinem Tuch, und ihr aufgelöstes Haar hüpfte auf ihren Schultern. Sie hing sich an Wolfs Hals, kniete sich neben ihn und sprach ihm ins Ohr.

»Warum hast du nicht auf mich gewartet? Ist das etwa mein Ferientag?«

»Ich wollte dich nicht wecken«, sagte Wolf. »Du sahst so müde aus.«

»Ich bin sehr müde«, sagte sie. »Wolltest du heute morgen wirklich Klotz spielen?«

»Ich wollte vor allem ein wenig gehen«, sagte Wolf. »Der Senator ebenfalls, aber er hat unterwegs seine Meinung geändert. Abgesehen davon bin ich bereit, alles zu tun, was du mir vorschlägst.«

»Du bist lieb«, sagte Lil. »Ich wollte dir nämlich gerade sagen, daß ich eine sehr wichtige Besorgung vergessen habe und daß du deshalb ruhig und ohne Gewissensbisse Klotz spielen kannst.«
»Hast du noch zehn Minuten Zeit?« fragte Wolf.
»Es handelt sich um eine Besorgung«, erklärte Lil. »Ich muß, ich habe eine Verabredung.«
»Hast du noch zehn Minuten Zeit?« fragte Wolf.
»Natürlich«, gab Lil zur Antwort. »Armer Senator. Ich wußte, daß er krank werden würde.«
»Nicht krank«, vermochte der Senator hinter seinem Gebüsch zu sagen. »Vergiftet, das ist was anderes.«
»Jawohl!« protestierte Lil. »Sag bloß noch, daß die Küche schlecht war.«
»Die Erde war schlecht«, brummte der Senator und begann wieder zu kläffen.
»Wir werden zusammen spazierengehen, bevor ich weg muß«, sagte Lil. Wo gehen wir hin?«
»Wohin wir wollen«, sagte Wolf.
Er stand gleichzeitig mit Lil auf und ließ seine Stöcke in den kleinen Wagen fallen.
»Ich komme gleich zurück«, sagte er zum Senator. »Laß dir Zeit und überanstrenge dich nicht.«
»Keine Gefahr«, sagte der Senator. »Mein Gott! Mir zittern ganz abscheulich die Beine.«
Sie gingen in der Sonne. Große Wiesen schoben sich wie Golfplätze tief in dunkelgrüne Hochwälder. Von weitem schienen die Bäume dicht nebeneinanderzustehen, und man wäre gern einer von ihnen gewesen. Auf dem Boden war es trocken und reisigbedeckt. Sie hatten das Klotz-Gelände links liegen gelassen, ein wenig unterhalb, weil der Boden anstieg. Zwei oder drei Personen klotzten gewissenhaft unter Gebrauch aller Requisiten.
»Um von gestern zu reden«, sagte Wolf, »hast du dich gut amüsiert?«

»Sehr gut«, sagte Lil hüpfend, »ich habe die ganze Zeit über getanzt.«
»Ich habe das gesehen«, sagte Wolf, »mit Lazuli. Ich bin sehr eifersüchtig.«
Sie wandten sich nach rechts, um in den Wald einzudringen. Sie hörten, wie die Grünspechte das Morsestreifenspielchen spielten.
»Und was hast du mit Folavril getan?« fragte Lil im Gegenangriff.
»Im Gras geschlafen«, gab Wolf zur Antwort.
»Küßt sie gut?« fragte Lil.
»Du bist dumm«, sagte Wolf, »ich war nicht einmal auf den Gedanken gekommen.«
Lil lachte und preßte sich an ihn, während sie im gleichen Schritt neben ihm herging, und dies zwang sie zu bedenklichem Hin- und Hergerissensein.
»Ich möchte, daß immer Ferien sind«, sagte sie. »Ich möchte die ganze Zeit über mit dir spazierengehen.«
»Davon wirst du gleich genug haben«, sagte Wolf. »Du siehst doch, schon hast du eine Besorgung zu machen.«
»Das ist nicht wahr«, sagte Lil. »Das ist reiner Zufall. Du ziehst deine Arbeit vor. Du kommst gar nicht aus, ohne zu arbeiten. Das macht dich verrückt.«
»Es ist nicht das Nichtarbeiten, das mich verrückt macht«, sagte Wolf. »Ich bin es natürlich. Nicht richtig verrückt, aber ich fühle mich nicht wohl in meiner Haut.«
»Nicht, wenn du mit Folavril schläfst«, sagte Lil.
»Auch nicht, wenn ich mit dir schlafe«, sagte Wolf. »Aber heute morgen hast du geschlafen, und ich bin lieber weggegangen.«
»Warum?« sagte Lil.
»Andernfalls«, sagte Wolf, »hätte ich dich wachgemacht.«
»Warum?« wiederholte Lil unschuldig.
»Darum«, sagte Wolf und tat das, was er sagte, und sie lagen nun ausgestreckt im Gras des Waldes.

»Nicht hier«, sagte Lil, »hier ist alles voller Leute.«
Sie sah überhaupt nicht so aus, als glaube sie an ihre Erklärung.
»Du wirst hinterher nicht mehr Klotz spielen können«, sagte sie.
»Ich mag dieses Spiel auch«, flüsterte ihr Wolf ins Ohr, ein übrigens eßbares Ohr.
»Ich möchte, daß du immer Urlaub hast«, seufzte Lil fast glücklich.
Dann völlig glücklich, mit verschiedenen Seufzern und einer gewissen Aktivität.
Sie öffnete wieder die Augen.
»Ich mag das sehr, sehr...«, schloß sie.
Wolf küßte sie sanft auf die Wimpern, um die Unannehmlichkeit einer auch nur örtlichen Trennung zu mildern.
»Was ist denn das für eine Besorgung, die du da zu machen hast?« fragte er.
»Es ist eine Besorgung«, sagte Lil. »Komm schnell... Sonst komme ich zu spät.«
Sie stand auf, nahm ihn bei der Hand. Sie liefen bis zu dem kleinen Wagen. Senator Dupont lag zerschlagen, alle Viere von sich streckend, auf den Kieselsteinen und trielte vor sich hin.
»Steh auf, Senator«, sagte Wolf. »Wir gehen Klotz spielen.«
»Auf Wiedersehen«, sagte Lil. »Komm früh zurück.«
»Und du?« sagte Wolf.
»Ich werde da sein!« rief Lil und machte sich davon.

7 »Hmmm... ein hübscher Schlag!« urteilte der Senator. Die Kugel war gerade sehr hoch in die Lüfte gestiegen, und die rote Rauchspur, die sie gezogen hatte, dauerte fort. Wolf ließ seinen Stock zurückfallen, und sie setzten ihren Gang fort.

»Ja«, sagte Wolf gleichgültig, »ich mache Fortschritte. Wenn ich üben könnte...«

»Niemand hindert Sie daran«, sagte Senator Dupont.

»Auf jeden Fall«, gab Wolf zur Antwort, »wird es immer Leute geben, die besser spielen werden als ich. Also? Wozu?«

»Das macht nichts«, sagte der Senator. »Es ist ein Spiel.«

»Eben«, sagte Wolf, »weil es ein Spiel ist, muß man der erste sein. Andernfalls ist es dumm und das ist alles. Oh! Und außerdem spiele ich schon seit fünfzehn Jahren Klotz... du kannst dir wohl denken, wie mich das noch reizt...«

Das Wägelchen schwankte hinter dem Senator her und nutzte ein leichtes Gefälle aus, um ihm heimtückisch in den Hintern zu stoßen. Der Senator beklagte sich.

»So eine Folter!« wimmerte er. »In spätestens einer Stunde habe ich kein einziges Haar mehr am Arsch!...«

»Sei nicht so zimperlich«, sagte Wolf.

»Immerhin«, sagte der Senator, »in meinem Alter! Das ist demütigend!«

»Es tut dir gut, ein wenig herumzulaufen«, sagte Wolf, »glaub' mir.«

»Wie kann mir etwas gut tun, das mich zu Tode langweilt.«

»Alles ist langweilig«, sagte Wolf »und trotzdem tut man die Dinge...«

»Ach Sie!« sagte der Senator. »Nur, weil nichts Sie amüsiert, glauben Sie, jeder sei von allem angewidert.«

»Gut«, sagte Wolf, »worauf hast du im Augenblick Lust?«

»Wenn man Ihnen die gleiche Frage stellen würde«, brummte der Senator, »würde es Ihnen sehr schwerfallen, darauf zu antworten, wie?«

Tatsächlich antwortete Wolf nicht sofort. Er schwang seinen

Stock hin und her und vergnügte sich damit, die Stiele grimassenschneidender Blumen zu köpfen, die hier und da auf dem Klotz-Gelände wuchsen. Aus jedem geköpften Stiel trat ein klebriger Strahl schwarzen Saftes, der sich zu einem kleinen schwarzen Ballon mit Goldmonogramm aufblähte.

»Es würde mir gar nicht schwerfallen«, sagte Wolf. »Ich würde dir ganz einfach sagen, daß ich auf gar nichts mehr Lust habe.«

»Das ist neu«, höhnte der Senator, »und die Maschine?«

»Das wäre eher eine hoffnungslose Lösung«, spottete Wolf seinerseits.

»Aber, aber«, sagte der Senator, »Sie haben noch nicht alles versucht.«

»Das stimmt«, sagte Wolf. »Noch nicht. Aber das kommt noch. Ich muß zuerst einmal eine klare Vorstellung von den Dingen haben. Aber damit weiß ich immer noch nicht, worauf du Lust hast.

Der Senator wurde ernst.

»Werden Sie sich auch nicht über mich lustig machen?« fragte er.

Die Winkel seiner Schnauze waren feucht und bebten.

»Unter keinen Umständen«, sagte Wolf. »Wenn ich wüßte, daß jemand wirklich Lust auf etwas hat, würde das meine Stimmung heben.«

»Seit ich drei Monate alt bin«, sagte der Senator in vertraulichem Ton, »hätte ich gern ein Ouapiti.«

»Ein Ouapiti«, wiederholte Wolf abwesend.

Und sogleich sagte er noch einmal:

Ein Ouapiti!...«

Der Senator faßte wieder Mut. Seine Stimme wurde fester.

»Das«, erklärte er, »ist wenigstens eine klare, genau definierte Lust. Ein Ouapiti ist grün, es hat pikante Rundungen und macht plumps, wenn man es ins Wasser wirft. Das heißt... für mich... ist ein Ouapiti so.«

»Und das willst du?«

»Ja«, sagte der Senator stolz. »Und ich habe ein Ziel im Leben, und ich bin glücklich so. Ich meine, ich wäre glücklich, ohne diese Schweinerei von Wägelchen.«
Wolf machte schnüffelnd ein paar Schritte und hörte auf, die Blumen zu köpfen. Er blieb stehen.
»Gut«, sagte er. »Ich werde dich von dem Wagen losmachen, und wir werden ein Ouapiti suchen gehen. Du wirst sehen, ob das auch nur das mindeste ändert, wenn man hat, was man will.«
Der Senator blieb stehen und wieherte vor Ergriffenheit.
»Was?« sagte er. »Das würden Sie tun?«
»Ich sage es dir doch...«
»Wirklich ?« keuchte der Senator. »Sie dürfen einem müden, alten Hund nicht einfach solche Hoffnungen machen.«
»Du hast das Glück, daß du Lust auf etwas hast«, sagte Wolf, »ich werde dir helfen, das ist ganz normal...«
»Meine Fresse!« sagte der Senator, »das nennt man im Katechismus amüsante Metaphysik.«
Zum zweiten Mal bückte sich Wolf und befreite den Senator. Er behielt einen Klotz-Stock und ließ die andern im Wagen. Niemand würde sich daran vergreifen, denn der Moral-Kodex des Klotz-Spiels ist besonders streng.
»Auf gehts«, sagte er. »Für den Ouapiti muß man gebückt und Richtung Osten gehen.«
»Selbst wenn Sie sich bücken«, sagte Dupont, »werden Sie immer noch größer sein als ich. Also laufe ich aufrecht weiter.«
Sie brachen auf, wobei sie vorsichtig den Boden beschnüffelten. Der Wind bewegte den Himmel, dessen silbriger, schwankender Bauch sich manchmal herabließ, um die blauen Dolden der Maihaferdistel zu liebkosen, die noch blühten und deren gepfefferter Geruch in der warmen Luft zitterte.

8 Lil beeilte sich, nachdem sie Wolf verlassen hatte. Ein kleiner blauer Frosch begann vor ihr herzuhüpfen. Ein Laubfrosch ohne Komplementärpigment. Er war in Richtung zum Haus unterwegs und schlug Lil um zwei Sprünge. Der Laubfrosch setzte seinen Weg fort, doch Lil lief schnell die Treppe hinauf, um sich vor ihrem Frisierspiegel wieder zurechtzumachen. Tusche auf die Wimpern, mit der Bürste dort und da, Elixir für die Wangen, die Borsten geborstet, Nagellack und es war getan. Nicht mehr als eine Stunde. Laufend sagte sie dem Dienstmädchen auf Wiedersehen und draußen war sie. Durchquerte das Karree und trat durch eine kleine Tür auf die Straße.

Die Straße brach vor Langweile in lange, originelle Spalten auf, der Versuch einer Ablenkung.

Auf dem Grund gewundener Schattenwellen leuchteten Steine in lebhaften Farben, ungewisse Glanzlichter, Lichtflecken, die je nach den Bewegungen des Bodens erloschen. Der Schimmer eines Opals und dann einer von diesen Bergkristallen, die Goldstaub versprühen, wenn man sie ergreifen will, wie Tintenfische, der knirschende Blitz eines ungeschliffenen Smaragds und plötzlich die zarten Streifen einer Kolonie getönter Berylle. Mit kleinen Schritten dachte Lil über die Fragen nach, die sie stellen würde. Und ihr Kleid folgte ihren Beinen, gefällig, eher geschmeichelt.

Es kamen Häuser, zuerst kaum gewachsene, dann große, und es war eine richtige Straße mit Wohnhäusern und Verkehr. An drei Querstraßen vorüber, nach rechts abbiegen; die Unkerin wohnte in einer hohen, auf drei großen krampfadrigen Beinen stehenden Hütte mit einer ganz gewundenen Treppe, an deren Geländer unappetitliche Lumpen hingen, die örtlich so gut es ging zur Verschönerung beitrugen. Ein Duft nach Curry, Knoblauch und Pumpernickel hing in der Luft, ab der fünften Stufe nuanciert mit Kohl und sehr altem Fisch. Oben auf der Treppe empfing ein Rabe mit einem durch extra-starkes Wasserstoffsuperoxyd frühzeitig weiß gewor-

denen Kopf die Besucher, indem er ihnen eine krepierte Ratte, die er vorsichtig am Schwanze hielt, entgegenstreckte. Die Ratte hielt lange, denn die Eingeweihten lehnten das Geschenk ab, und die andern kamen nicht.
Lil lächelte dem Raben huldvoll zu und schlug mit dem Empfangshammer, der, bitte schön, an einem Strick hing, dreimal gegen die Tür.
»Herein!« sagte die Unkerin, die gerade hinter ihr die Treppe heraufgekommen war.
Lil trat ein, hinter ihr folgte die Spezialistin. In ihrer Hütte stand das Wasser einen Meter hoch, und man bewegte sich auf Schwimmkissen, um das Bohnerwachs nicht zu ramponieren. Lil schob sich vorsichtig bis zu dem abgenutzten Ripssessel, der den Besuchern vorbehalten war, während die Unkerin mit einer rostigen Eisenpfanne fieberhaft das Wasser zum Fenster hinaus entleerte. Als alles einigermaßen trocken war, setzte sie sich ebenfalls an ihren Unktisch, auf dem ein Inhalierapparat aus synthetischem Glas stand. Unter dem Inhalierapparat war ein großer, beigefarbener Schmetterling, leblos, von dem Gewicht des Inhalierapparats auf die verschossene Tischdecke genagelt.
Die Unkerin hob das Instrument hoch und mit gespitzten Lippen blies sie auf den Schmetterling. Dann legte sie ihren Apparat zu ihrer Linken und zog aus ihrem Mieder ein Kartenspiel, das von dampfendem Schweiß triefte.
»Soll ich Ihnen die ganze Leier runterrasseln? fragte sie.
»Ich habe nicht viel Zeit«, sagte Lil.
»Dann nur die halbe Leier und den Kaffeesatz?« schlug die Unkerin vor.
»Ja, den Kaffeesatz auch«, sagte Lil.
Der Schmetterling begann sachte zu zucken. Und er stieß einen leichten Seufzer aus. Das Tarockpäckchen strömte einen Geruch nach Menagerie aus. Die Unkerin breitete schnell die sechs ersten Karten auf dem Tisch aus. Sie roch heftig.

»Teufel, Teufel«, sagte sie. »Ich errieche nicht viel in Ihrem Spiel. Spucken Sie auf den Boden, hier, und stellen Sie den Fuß drauf.«
Lil gehorchte.
»Nehmen Sie Ihren Fuß jetzt weg.«
Lil nahm ihren Fuß weg, und die Unkerin brannte ein kleines bengalisches Feuer ab. Das Zimmer füllte sich mit leuchtendem Rauch und einem Duft nach grünem Puder.
»So ist es gut, so ist es gut«, sagte die Unkerin. »Jetzt kann man hier freier wittern. Gut, ich unkrieche für Sie Nachrichten von jemand, den Sie mögen. Und außerdem Geld. Keine große Summe. Aber immerhin etwas Geld. Natürlich nichts Außergewöhnliches. Wenn man die Dinge objektiv betrachtet, könnte man fast sagen, daß sich Ihre Situation finanziell nicht ändert. Warten Sie.«
Sie breitete über die ersten sechs neue Karten aus.
»Aha!« sagte sie. »Genau, was ich Ihnen sagte. Sie werden gezwungen sein, eine Kleinigkeit auszugeben. Der Brief hingegen, das betrifft Sie ganz nahe. Vielleicht Ihr Mann. Das läuft darauf hinaus, daß er mit Ihnen reden wird, weil es natürlich sehr lächerlich von Ihrem Mann wäre, wenn er Ihnen einen Brief schriebe. Machen wir weiter. Wählen Sie eine Karte.«
Lil nahm die erstbeste, die fünfte im vorliegenden Falle.
»Halten Sie sich fest!« sagte die Unkerin. »Hier ist doch tatsächlich die genaue Bestätigung dessen, was ich Ihnen angekündigt habe! Ein großes Glück für eine Person aus Ihrem Haus. Sie wird das finden, was sie seit sehr langem gesucht hat, nachdem sie krank gewesen ist.«
Lil dachte, daß Wolf recht gehabt hatte, die Maschine zu konstruieren, und daß seine Mühen endlich belohnt werden würden, aber Vorsicht mit der Leber.
»Ist das wahr?« fragte sie.
»Wahrhafter und offizieller geht es nicht mehr«, sagte die Unkerin, »die Düfte lügen nie.«

»Ich weiß«, sagte Lil.
In diesem Augenblick schlug der wasserstoffsuperoxydierte Rabe mit dem Schnabel an die Tür und ahmte dabei das Lied des ungeordneten Aufbruchs nach.
»Ich muß mich beeilen«, sagte die Unkerin. »Bestehen Sie wirklich auf dem Kaffeesatz?«
»Nein«, sagte Lil. »Es genügt mir, daß ich weiß, daß mein Mann endlich das bekommt, was er sucht. Was schulde ich Ihnen, Madame?«
»Zwölf Penunzen«, sagte die Unkerin.
Der große, beigefarbene Schmetterling bewegte sich immer heftiger. Plötzlich erhob er sich in einem schweren, ungewissen Flug in die Lüfte, wie eine sehr entkräftete Fledermaus. Lil wich zurück. Sie hatte Angst.
»Das hat nichts zu bedeuten«, sagte die Unkerin.
Sie zog ihre Schublade auf und ergriff einen Revolver. Ohne aufzustehen, zielte sie auf das Samttier und schoß. Man hörte ein sehr unangenehmes Krachen. Der Schmetterling, mitten in den Kopf getroffen, faltete seine Flügel über dem Herzen und stürzte leblos herab. Auf dem Boden gab es ein schlaffes Geräusch. Ein Puder von seidigen Schuppen stieg hoch. Lil stieß die Tür auf und ging hinaus. Höflich sagte der Rabe auf Wiedersehen zu ihr. Eine andere Person wartete. Ein kleines, mageres Mädchen mit schwarzen, unruhigen Augen, das in seiner schmutzigen Hand ein Geldstück preßte. Lil ging die Treppe hinunter. Das kleine Mädchen zögerte und folgte ihr.
»Verzeihung, Madame«, sagte es. »Sagt sie die Wahrheit?«
»Aber nein«, sagte Lil, »sie sagt die Zukunft. Das ist nicht dasselbe, wissen Sie.«
»Kann man Vertrauen haben?« fragte das kleine Mädchen.
»Manchmal kann man Vertrauen haben«, sagte Lil.
»Der Rabe macht mir Angst«, sagte das kleine Mädchen. »Diese krepierte Ratte stinkt furchtbar. Ich mag Ratten überhaupt nicht.«
»Ich auch nicht«, sagte Lil. »Aber sie ist eine Unkerin, die

nicht übertrieben viel verlangt... Sie kann sich keine krepierten Eidechsen leisten, wie die Unkerin der Hautevolee.«
»Dann gehe ich zu ihr zurück, Madame«, sagte das kleine Mädchen. »Danke schön, Madame.«
»Auf Wiedersehen«, sagte Lil.
Das kleine Mädchen lief schnell die gepeinigten Stufen hinauf. Lil beeilte sich, wieder nach Hause zu kommen, und auf dem ganzen Weg warfen gekräuselte Karfunkeln einen Lichtschimmer auf ihre hübschen Beine, während der Tag begann, sich mit den Amberstreifen und dem schrillen Zirpen der Abenddämmerung zu schmücken.

9

Senator Dupont beschleunigte seinen Schritt, denn Wolf ging schnell; und wenn der Senator vier Beine hatte, so waren die Wolfs zwar zweimal kleiner an Zahl, aber dafür jedes dreimal länger; daher sah sich der Senator auch gezwungen, von Zeit zu Zeit die Zunge herauszustrecken und wumm! wumm! zu machen, um seine Müdigkeit zum Ausdruck zu bringen.
Jetzt war der Boden steinig und bedeckt mit einem harten Moos voller kleiner Blüten wie duftende Wachskugeln. Insekten flogen zwischen den Stielen umher, rissen die Blumen mit dem Unterkiefer auf, um den Likör aus dem Innern zu trinken. Der Senator verschlang unaufhörlich knusprige Tierchen und zuckte jedesmal zusammen. Wolf machte große Schritte, in der Hand seinen Klotz-Schläger, und seine Augen suchten die Umgebung mit der gleichen Sorgfalt ab, die sie aufgewendet hatten, um das Kalevala im Original zu lesen. Er vermischte das, was er von den Dingen sah, bereits in seinem Kopf, wobei er suchte, an welche Stelle das hübsche Gesicht Lils am besten hinpasse. Ein- oder zweimal versuchte er sogar, der Landschaft das Bild Folavrils einzuverleiben, aber eine nur halb formulierte Scham ließ ihn diese

Montage ausscheiden. Als er sich anstrengte, gelang es ihm, sich auf die Idee mit dem Ouapiti zu konzentrieren.
An verschiedenen Anzeichen, wie etwa spiralenförmiger Kot und schlecht verdaute Schreibmaschinenfarbbänder, erkannte er übrigens die Nähe des Tieres und befahl dem Senator, der höchst aufgeregt war, seine Ruhe zu bewahren.
»Werden wir eins finden?« schnaufte Dupont.
»Natürlich«, gab Wolf leise zur Antwort. »Und jetzt keine Dummheiten. Beide auf den Bauch.«
Er preßte sich an den Boden und rückte im Zeitlupentempo vor. Der Senator brummte »das kratzt mich zwischen den Schenkeln«, aber Wolf verordnete ihm Schweigen. In drei Metern Entfernung entdeckte er plötzlich, was er suchte: einen zu dreiviertel vergrabenen dicken Stein, der oben von einem kleinen, vollkommen viereckigen Loch durchbohrt war, das sich in seine Richtung öffnete. Er erreichte den Stein, packte seinen Schläger und schlug damit dreimal drauf.
»Beim vierten Zeitzeichen ist es genau die richtige Uhrzeit!...« sagte er und ahmte die Stimme des Herrn nach.
Er gab das vierte Zeitzeichen. In der gleichen Sekunde kam das erschrockene Ouapiti mit großen Verrenkungen aus dem Loch heraus.
»Gnade, Euer Gnaden!« wimmerte es. »Ich werde die Diamanten herausgeben. Mein Wort als Edelmann!... Ich habe nichts getan!... Glauben Sie mir...«
Sich die Lefzen leckend, sahen ihn die vor Begehrlichkeit funkelnden Augen von Senator Dupont an, wenn man so sagen kann. Wolf setzte sich und musterte das Ouapiti.
»Ich habe dich reingelegt«, sagte er. »Es ist erst halb sechs. Du wirst mit uns kommen.«
»Quatsch mit Soße«, protestierte das Ouapiti. »Das geht unter keinen Umständen. Das gehört nicht zum Spiel.«
»Wenn es zwanzig Uhr zwölf gewesen wäre«, sagte Wolf, »und wir dagewesen wären, wärst du sowieso dran gewesen.«

»Sie machen sich zunutze, daß ein Vorfahre sich versündigt hat«, sagte das Ouapiti. »Das ist feige. Sie wissen genau, daß wir von einer schrecklichen Zeitempfindlichkeit sind.«
»Das ist kein Grund, auf den du dich berufen kannst«, sagte Wolf, um ihn durch eine adäquate Sprache zu beeindrucken.
»Gut, ich komme mit«, sagte das Ouapiti. »Aber halten Sie dieses Vieh mit dem scheelen Blick, das mich augenblicklich zerquetschen zu wollen scheint, auf Distanz.«
Der struppige Schnurrbart des Senators begann herabzuhängen.
»Aber ...« stammelte er. »Ich bin mit den besten Absichten von der Welt gekommen ...«
»Was liegt mir an der Welt!« sagte das Ouapiti.
»Willst du endlose Reden halten ?« fragte Wolf.
»Ich bin Ihr Gefangener, Monsieur«, sagte das Ouapiti, »und ich vertraue mich Ihrem Wohlwollen an.«
»Bestens«, sagte Wolf. »Dann drück dem Senator die Hand und komm.«
Ganz aufgeregt hielt Senator Dupont dem Ouapiti schnüffelnd seine dicke Pfote hin.
»Darf ich auf den Rücken des Herrn steigen?« schlug das Ouapiti vor und zeigte auf den Senator.
Letzterer stimmte zu, und das Ouapiti machte es sich hochzufrieden auf seinem Rücken bequem. Wolf setzte sich in umgekehrter Richtung wieder in Gang. Erschüttert und entzückt folgte ihm der Senator. Endlich nahm sein Ideal Gestalt an ... es hatte sich verwirklicht ... Eine gesalbte Heiterkeit erfüllte seine Seele, und er spürte seine Füße nicht mehr.
Wolf ging traurig dahin.

10 Die Maschine hatte das fadenförmige Aussehen eines von weitem gesehenen Spinnennetzes. Stehend überwachte Lazuli das Funktionieren, das seit dem Vortag normal verlaufen war. Er inspizierte das heikle Räderwerk des Motors. Ganz nahe dabei, im kahlgeschorenen Gras liegend, träumte Folavril vor sich hin, eine Nelke zwischen den Lippen. Um die Maschine herum zitterte die Erde ein wenig, aber es war nicht unangenehm.
Lazuli richtete sich wieder auf und betrachtete seine ölverschmierten Hände. Mit diesen Händen konnte er sich Folavril nicht nähern. Er öffnete einen Blechschrank, nahm eine Handvoll Putzwolle und entfernte das Gröbste. Dann bestrich er sich die Finger mit Mineralseife und rieb. Die Körner des Bimssteins wirkten rauh auf seinen Handflächen. In einem verbeulten Eimer spülte er nach. Unter jedem Fingernagel blieb ein blauer Streifen Schmierfett zurück; abgesehen davon war alles sauber. Er schloß den Schrank wieder ab und drehte sich um. Folavril ließ sich anschauen, groß und schlank, mit ihren langen, gelben, über der Stirn spitz zulaufenden Haaren, ihrem runden, fast eigensinnigen Kinn und ihren Ohren, die fein waren wie Lagunenperlmutt. Ihr Mund mit den dicken, fast gleichen Lippen; ihre Brüste spannten das Vorderteil ihres gelben, zu kurzen Pullovers, der bis über die Hüften hochrutschte und braungebrannte Haut entblößte. Lazuli folgte der erregenden Linie ihres Körpers. Er hatte sich gerade neben sie gesetzt und beugte sich herüber, um sie zu küssen. Und dann zuckte er zusammen und mit einem Schlag stand er wieder. Neben ihm war ein Mann, der ihn ansah. Lazuli wich zurück und lehnte sich an das Metallgerippe; seine Finger umklammerten die Kälte des Metalls; er sah nun ebenfalls den Mann starr an; der Motor vibrierte in seinen Händen und verlieh ihm seine Stärke. Der Mann bewegte sich nicht, wurde vernebelt, schmolz schließlich dahin, er schien sich in der Luft aufzulösen und man sah nichts mehr.

Lazuli wischte sich die Stirn ab. Folavril hatte nichts gesagt, sie wartete, nicht einmal erstaunt.
»Was will er von mir?« schimpfte Lazuli wie zu sich selber. »Jedesmal, wenn wir zusammen sind, ist er da.«
»Du hast zuviel gearbeitet«, sagte Folavril, »und du bist noch müde von der letzten Nacht. Du hast die ganze Zeit über getanzt.«
»Während du weg warst«, sagte Lazuli.
»Ich war nicht weit«, sagte Folavril, »ich habe mich mit Wolf unterhalten. Komm zu mir. Beruhige dich. Du mußt dich ausruhen.«
»Das will ich gern«, sagte Lazuli.
Er fuhr sich mit der Hand über die Stirn.
»Aber da ist ständig dieser Mann.«
»Ich versichere dir, daß niemand da ist«, sagte Folavril. »Warum sollte ich denn nie etwas sehen?«
»Du schaust ja auch nie nach etwas hin...«, sagte Lazuli.
»Nie nach etwas, das mich langweilt«, sagte Folavril.
Lazuli ging wieder zu ihr und setzte sich neben sie, ohne sie zu berühren.
»Du bist schön«, murmelte er, »schön wie... wie eine japanische Laterne... die brennt.«
»Sag keinen Blödsinn«, protestierte Folavril.
»Ich kann nicht zu dir sagen, daß du schön bist wie der Tag«, sagte Lazuli, »das kommt nämlich auf die Tage an. Aber eine japanische Laterne, die ist immer hübsch.«
»Das ist mir völlig egal, ob ich häßlich bin oder schön«, sagte Folavril. »Ich muß eben nur den Leuten gefallen, die mich interessieren.«
»Du gefällst allen«, sagte Lazuli. »Deshalb kann man die mit Sicherheit dazu rechnen.«
Von ganz nahem hatte sie winzige Sommersprossen und an den Schläfen goldene Glasfäden.
»Denk nicht an all das Zeug«, sagte Folavril, »denk an mich, wenn ich da bin und erzähl mir Geschichten.«

»Was für Geschichten?« fragte Lazuli.
»Oh! dann eben keine Geschichten«, sagte Folavril, »willst du mir lieber Lieder vorsingen?«
»Wozu das alles?« sagte Lazuli. »Ich will dich in meine Arme nehmen und den Himbeergeschmack deines Lippenstiftes schmecken.«
»Ja«, murmelte Folavril, »das ist sehr gut, das ist besser als die Geschichten ...«
Folavril ließ alles mit sich machen und machte auch.
»Folavril ...«, sagte Lazuli.
»Saphir ...«, sagte Folavril.
Und dann begannen sie sich wieder zu küssen. Der Abend fiel herein. Er sah sie und machte kurz vor ihnen Halt, um sie nicht zu verwirren. Er würde lieber Wolf begleiten, der in diesem Augenblick nach Hause ging. Eine Stunde später war alles dunkel, außer in einem Sonnenkreis, der zurückblieb und in dem sich Folavrils geschlossene Augen und Lazulis Küsse befanden, durch einen Dampf hindurch, der von ihren Körpern kam.

11

Halb bewußt unternahm Wolf eine letzte Anstrengung, das Läutwerk seines Weckers abzustellen, aber klebrig rutschte ihm das Ding aus der Hand und kuschelte sich in eine Ecke des Nachttisches, wo es keuchend und wütend weiterrasselte, bis es völlig erschöpft war. Darauf entspannte sich Wolfs Körper in der viereckigen, mit weißen Pelzstücken gefüllten Senke, in der er ruhte. Er öffnete einen Spalt die Augen, und die Wände des Zimmers schwankten, stürzten auf den Fußboden und wirbelten beim Fallen große Wellen weichen Teigs auf. Und dann gab es übereinandergelagerte Membranen, die dem Meer glichen ... in der Mitte, auf einer unbeweglichen Insel, drang Wolf langsam ins Dunkel ein, zwischen dem Geräusch des Windes, der große kahle

Räume durchfegte, ein Geräusch, das nie aussetzte. Die Membranen zuckten wie durchsichtige Flossen; von der unsichtbaren Decke fielen Ätherschwaden herab, breiteten sich um seinen Kopf herum aus. Mit der Luft vermischt, fühlte sich Wolf durchdrungen, durchtränkt von dem, was ihn umgab; und plötzlich gab es einen grünen, bitteren Geruch, den Geruch der brennenden Herzen der Königinnen-Margeriten, während der Wind sich beruhigte.
Wolf öffnete die Augen wieder. Alles war still. Er machte eine Anstrengung, und dann stand er da mit seinen Socken. Das Sonnenlicht strömte ins Zimmer. Aber Wolf fühlte sich immer noch unwohl in seiner Haut; um sich wohler zu fühlen, nahm er ein Stück Pergament, bunte Kreide und machte sich eine Zeichnung, die er betrachtete; aber die Kreide zerfiel vor seinen Augen zu Staub: auf dem Pergament blieben nur noch einige undurchsichtige Winkel, einige dunkle Lücken zurück, deren allgemeines Aussehen erinnerte ihn an einen Totenkopf, der seit langem tot war. Entmutigt ließ er seine Zeichnung fallen und ging zu dem Stuhl, auf dem zusammengefaltet seine Hose lag. Er schwankte, als ob der Boden sich unter seinen Füßen zurückgezogen hätte. Der Geruch der Königinnen-Margeriten war nicht mehr so deutlich; ein süßliches Aroma mischte sich jetzt darunter, der Duft des Pfeifenstrauchs im Sommer, mit den Bienen. Eine etwas widerliche Zusammenstellung. Er mußte sich beeilen. Es war der Tag der Einweihung, und die Stadträte würden warten. Schnell machte er sich an seine Toilette.

12

Er war trotzdem einige Minuten vor ihnen da, und er nutzte das aus, um die Maschine nachzusehen. Es blieben noch Dutzende von Elementen im Graben zurück, und der Motor, von Lazuli sorgfältig überprüft, drehte sich. Nichts anderes zu tun als zu warten. Er wartete.

Der Boden, leicht, trug noch den Abdruck von Folavrils elegantem Körper, und die Nelke, die sie zwischen den Lippen gehalten hatte, lag da, schäumend und gezackt, durch tausend unsichtbare Bande schon der Erde verbunden, weiße Spinnenfäden. Wolf bückte sich, um sie aufzuheben, und der Geschmack der Nelke überraschte und betäubte ihn. Er verfehlte sie. Die Nelke erlosch, und ihre Farbe verschmolz mit der des Bodens. Wolf lächelte. Wenn er sie da liegen ließe, würden die Stadträte sie zertreten. Seine Hand irrte über den Boden und stieß auf den dürren Stiel. Als sie sich gepackt fühlte, bekam die Nelke wieder ihre natürliche Farbe. Vorsichtig brach Wolf eine der knotigen Beulen ab und steckte sie an seinen Kragen. Er atmete sie ein, ohne den Kopf zu neigen.

Hinter der Mauer des Karrees gab es ein unbestimmbares Musikgeräusch, das Geschmetter bretonischer Dudelsäcke und laute, dumpfe Schläge von Pauken; dann stürzte unter dem Druck des städtischen Mauereinbrechers, gesteuert von einem bärtigen Amtsdiener im schwarzen Frack mit Goldkette, ein Stück der Backsteinwand ein. Durch die Einbruchstelle kamen die ersten Vertreter der Menge herein, die sich respektvoll auf beiden Seiten aufstellten. Die Musik erschien bauschig und volltönend, Töff, Töff und Tsching. Die Chorsänger würden loskreischen, sobald sie in Stimmweite wären. Ein grün angestrichener Tambour-Major marschierte voraus, wobei er eine Zwergtrappe hin und her bewegte, mit der er ohne Hoffnung die Sonne anzielte. Er machte ein großes Zeichen, gefolgt von einem doppelten Salto mortale, und die Chorsänger begannen mit der Hymne:

Der Bürgermeister selbst
Und Töff und Töff und Tsching
Aus dieser schönen Stadt
Und Töff und Töff und Tsching
Kommt heut zu Ihnen her
Und Töff und Töff und Tsching
Um Sie ganz schlicht zu fragen
Und Töff und Töff und Tsching
Ob Sie die Absicht haben
Und Töff und Töff und Tsching
All Ihre alten Steuern
Und Töff und Töff und Tsching
In Kürze zu bezahlen
Und Töff und Töff und Tsching und Tsching und Tikotikoto.

Das Tikotikoto wurde erzeugt durch das Aufeinanderprallen von Metallstücken in Form einer Kokosnuß auf einen Titito, der sie teilweise angestoßen hatte. Das ganze bildete einen sehr alten Marsch, der ein wenig ins Blaue hinein gespielt wurde, denn seit langem schon bezahlte niemand mehr seine Steuern; doch man konnte die Musikkapelle nicht daran hindern, die einzige Melodie zu spielen, die sie kannte.
Der Bürgermeister tauchte hinter der Musik auf, sein Hörrohr in der Hand haltend, in das er eine Socke zu stopfen sich bemühte, um diesen furchtbaren Krach nicht zu hören. Seine Frau, eine sehr dicke, ganz rote und ganz nackte Person, zeigte sich dann auf einem Wagen, mit einer Reklametafel für den größten Käsehändler der Stadt, der eine Menge Geschichten über die Stadtverwaltung wußte und sie zwang, allen seinen Launen nachzugeben.
Sie hatte dicke Brüste, die ihr wegen der schlechten Federung des Wagens, aber auch, weil der Sohn des Käsehändlers Pflastersteine unter die Räder legte, auf den Bauch klatschten.
Hinter dem Wagen des Käsehändlers kam der des Haushalts-

warenhändlers, der nicht wie sein Rivale mit politischer Unterstützung rechnen konnte und sich mit einem großen, prächtigen Tragebett begnügen mußte, in dem das Rosenmädchen sich von einem dicken Affen kampfunfähig machen ließ. Die Miete für den Affen war sehr hoch, und das Ergebnis war gar nicht so toll, da das Rosenmädchen seit zehn Minuten ohnmächtig war und nicht mehr schrie; während die Frau des Bürgermeisters gerade violett wurde und immerhin viele sehr schlecht gekämmte Haare hatte.
Dann kam der Wagen des Baby-Händlers, angetrieben von einer Batterie Düsenschnuller; ein Babychor skandierte ein altes Trinklied.
Damit hörte der Zug auf, denn die Züge amüsieren niemanden; und der vierte Wagen, auf dem sich die Sargverkäufer niedergelassen hatten, war kurz zuvor ausgefallen, weil der Fahrer gestorben war, ohne die Beichte abzulegen.
Wolf, von der Blaskapelle halb betäubt, sah die Offiziellen auf sich zukommen, eingerahmt von den Männern der Wache, die mit großen, heimtückischen Flinten bewaffnet waren. Er empfing sie wie er mußte, und währenddessen errichteten Spezialisten innerhalb weniger Minuten ein kleines Holzpodium mit Stufen, auf dem der Bürgermeister und die Unterbürgermeister Platz nahmen, während die Bürgermeisterin weiterhin auf ihrem Wagen herumtobte. Der Käsehändler nahm ihren offiziellen Platz ein.
Es gab einen großen Trommelwirbel, in dessen Verlauf der Pfeifer verrückt wurde und wie eine Rakete in die Luft ging, wobei er sich mit beiden Händen die Ohren zuhielt; alle Augen folgten seiner Bahn und jeder zog den Hals ein, als er, mit dem Kopf voraus und dem Geräusch einer Schnecke, die Selbstmord begeht, wieder herunterfiel. Danach atmete man auf, und der Bürgermeister erhob sich.
Die Blaskapelle war verstummt. Dichter Staub stieg in den vom Rauch der sonntäglichen Drogenzigaretten gebläuten Himmel, und es roch nach Menge, bei all den Füßen, die die-

ses Wort impliziert. Einige Eltern hatten sich von dem Flehen ihrer Kinder rühren lassen und sie auf ihre Schultern gesetzt, doch sie hielten sie mit dem Arsch nach oben und dem Kopf nach unten, um sie nicht allzu sehr in ihrer Neigung zur Gafferei zu bestärken.
Der Bürgermeister hüstelte in sein Hörrohr und ergriff das Wort am Hals, um es zu erwürgen, doch es hielt stand.
»Meine Herren«, sagte er, »und liebe Geschaftlhuber. Ich werde nicht auf die Feierlichkeit dieses Tages zurückkommen, der nicht reiner ist als der Grund meines Herzens, denn Sie wissen genauso gut wie ich, daß zum ersten Mal, seit eine stabile und unabhängige Demokratie an die Macht gekommen ist, zweideutige politische Machenschaften und gemeine Demagogie, die die vergangenen Jahrzehnte mit Verdächtigungen befleckt haben, hm, Teufel, verdammt schwer zu lesen, dieses Hurenpapier, der Text ist ganz verwischt. Ich möchte noch hinzufügen, daß, wenn ich Ihnen alles sagen würde, was ich weiß, und vor allem über diesen anderen Lügenbold, der behauptet, Käsehändler zu sein ...«
Die Menge klatschte laut Beifall, und der Händler stand nun ebenfalls auf. Er begann das Original eines großzügigen Schmiergeldes zu verlesen, das dem Stadtrat auf Empfehlung des größten Sklavenhändlers gewährt worden war. Die Blaskapelle setzte ein, um seine Stimme zu übertönen, und die Frau des Bürgermeisters, die ihren Mann durch eine Ablenkung retten wollte, verdoppelte ihre Aktivität. Wolf zeigte ein unbestimmtes Lächeln. Er hörte überhaupt nicht zu. Er war anderswo.
»Mit grämlicher Freude«, fuhr der Bürgermeister fort, »sind wir stolz, heute die bemerkenswerte, von unserem hier anwesenden großen Geschaftlhuber Wolf ersonnene Lösung begrüßen zu dürfen, die dazu bestimmt ist, die Schwierigkeiten, die aus einer Überproduktion von Metall zur Herstellung von Maschinen resultieren, völlig zu eliminieren. Und da ich Ihnen nicht mehr darüber sagen kann, da ich persönlich, wie

es üblich ist, überhaupt nicht weiß, worum es da eigentlich geht, in Anbetracht dessen, daß ich ein Offizieller bin, erteile ich der Blaskapelle das Wort, die ein Stück aus ihrem Repertoire spielen wird.«

Gelenkig versetzte der Tambour-Major dem Mond einen Fußtritt, mit einer halben Tonne dahinter und auf die Sekunde genau, da er den Boden berührte, ließ die Tuba einen Rieseneröffnungston los, der anmutig zu flattern begann. Und dann schlängelten sich die Musiker in die Zwischenräume und man erkannte die traditionelle Melodie. Da die Menge zu nahe herankam, gaben die Männer von der Wache eine allgemeine Salve ab, die den größten Teil entmutigte, während die Körper der andern in Fetzen zerfielen.

Innerhalb weniger Sekunden war das Karree leer. Zurück blieb Wolf, der Leichnam des Pfeifers, einige fettige Papiere, ein kleines Stück vom Podium. Die Rücken der Männer von der Wache entfernten sich in Reih und Glied, im Gleichschritt, und verschwanden.

Wolf seufzte. Das Fest war vorbei. Hinter der Mauer des Karrees, ganz dort hinten, erriet man noch das Getöse der Blaskapelle, das sich ruckweise entfernte und immer wieder neu auflebte. Der Motor begleitete die Musik mit seinem unerschöpflichen Schnurren.

In der Ferne sah er Lazuli, der zu ihm wollte. Folavril begleitete ihn. Sie verließ ihn, bevor er Wolf erreichte. Beim Gehen neigte sie den Kopf und in ihrem gelb und schwarz gemusterten Kleid sah sie aus wie ein blonder Salamander.

13

Und jetzt waren Wolf und Lazuli wieder allein wie an dem Abend, an dem der Motor angesprungen war. Wolf trug rote Lederhandschuhe und mit Hammelfell gefütterte Lederstiefel. Er hatte einen ausgepolsterten Monteursanzug angezogen sowie einen Sturzhelm, der den oberen Teil seines Gesichtes freiließ. Er war bereit. Ein wenig bleich sah Lazuli ihn an. Wolf hatte die Augen niedergeschlagen.
»Funktioniert alles?« sagte er, ohne aufzusehen
»Alles«, sagte Lazuli. »Der Koffer ist leer. Die Elemente wieder an ihrem Platz.«
»Ist es soweit?« fragte Wolf.
»In fünf oder sechs Minuten«, sagte Lazuli. »Werden Sie sich auch halten?«
Sein etwas schroffer Ton rührte Wolf.
»Du brauchst keine Angst zu haben«, sagte er. »Ich werde mich halten.«
»Haben Sie Hoffnung?« fragte Lazuli.
»Die größte seit langem«, sagte Wolf. »Aber ich glaube nicht daran. Es wird wieder genauso ausgehen wie die andern Male.«
»Was ist denn die andern Male passiert?« sagte Lazuli.
»Nichts«, gab Wolf zur Antwort. »Als es vorbei war, blieb nichts mehr davon zurück. Nur die Enttäuschung. Na ja ... man kann nicht ständig dicht über dem Erdboden bleiben.«
Lazuli schluckte mühsam.
»Jeder hat seine kleinen Probleme«, sagte er.
Und in Gedanken sah er den Mann wieder, der ihm zuschaute, wie er Folavril küßte.
»Sicher«, sagte Wolf.
Er blickte auf.
»Diesmal«, sagte er, »werde ich es schaffen. Von da drinnen aus kann es nicht das gleiche sein.«
»Es ist trotzdem etwas gewagt«, murmelte Lazuli. »Passen Sie gut auf, die Winde sind sicherlich gefährlich.«
»Es wird schon gehen«, sagte Wolf.

Und ohne Logik fügte er hinzu:
»Du liebst Folavril, sie liebt dich ebenfalls. Nichts kann euch daran hindern.«
»Fast nichts ...«, gab Lazuli wie ein falsches Echo zur Antwort.
»Also?« sagte Wolf.
Er hätte gern eine Leidenschaft erlebt. Zuerst sehen, das würde Klarheit in seine Gedanken bringen. Er machte die Kabinentür auf, setzte einen Fuß ins Innere, und seine behandschuhten Hände verkrampften sich über dem Steuerknüppel. Er spürte in seinen Fingern die Vibrationen des Motors. Er kam sich vor wie eine Spinne in einem Netz, das nicht für sie bestimmt war.
»Es ist soweit«, sagte Lazuli.
Wolf machte ein Zeichen mit dem Kopf und mechanisch nahm er die Position ein. Die graue Stahltür schlug zu. In dem Kasten begann der Wind zu wehen. Zuerst sanft, dann wurde er fest wie Öl, das in der Kälte steif wird. Ohne Vorwarnung änderte er die Richtung, und als die Luft ihm ins Gesicht schlug, mußte Wolf sich mit seinem ganzen Gewicht festklammern, und er spürte auf dem Gesicht die Kälte des matten Eisens. Um sich nicht zu verausgaben, atmete er in langsamerem Rhythmus. Sein Blut schlug gleichmäßig in seinen Kanälen.
Wolf hatte es noch nicht gewagt, unter sich zu schauen. Er wartete, bis er besser daran gewöhnt war und zwang sich, die Augen geschlossen zu halten, und zwar immer dann, wenn die Müdigkeit ihn dazu nötigte, den Kopf zu senken. An seinen Hüften hingen zwei mit Talg eingeschmierte Lederriemen, die in Eisenhaken ausliefen, welche er an zwei nahen Ringen befestigte, damit seine Hände sich erholen konnten. Er keuchte angestrengt, und seine Knie fingen an, ihm wehzutun. Die Luft wurde leichter, Wolfs Puls ging schneller, und er spürte, wie eine Art Mangel seine Lungen füllte.
Am rechten Pfosten erblickte er plötzlich einen dunklen,

glänzenden Streifen wie ein Strom geschmolzenen Steinguts an den gewölbten Wänden eines Tonkrugs. Er hielt inne, hakte seine Riemen fest und tastete vorsichtig mit dem Finger. Es war klebrig. Als er die Hand hochhob, stellte er im Gegenlicht fest, daß am Ende seines Zeigefingers ein dunkelroter Tropfen hängenblieb. Er zog sich zusammen, dehnte sich birnenförmig aus und löste sich plötzlich von seinem Finger, wie Öl fließend. Es war ohne Grund unangenehm. Er überwand sein Unbehagen und schickte sich an, eine weitere Minute standzuhalten, bevor die Müdigkeit seiner zitternden Beine ihn zwänge, völlig innezuhalten.
Schwerfällig und mühselig durchstand er die Frist und hakte seine beiden Riemen ein. Diesmal ließ er sich völlig gehen, hing ganz weich an seinen Lederbändern. Er spürte, wie sein Gewicht seine Taille zusammenpreßte. In der Ecke des Kastens, vor seinen Augen, rann die rote Flüssigkeit immer noch, träge und langsam, sich einen gewundenen Weg auf dem Stahl bahnend. Nur eine örtliche Verdickung zeigte manchmal ihre Bewegung an; ansonsten hier und da ein Reflex, ein Schatten, man hätte meinen können eine unbewegliche Linie.
Wolf wartete. Die ungleichmäßigen Bewegungen seines Herzens wurden ruhiger. Seine Muskeln begannen, sich an den schnelleren Rhythmus seines Atems zu gewöhnen. Er war allein in dem Kasten, und weil ihm ein Bezugspunkt fehlte, nahm er seine Bewegung nicht mehr wahr.
Er zählte noch etwa hundert Sekunden. Trotz der Handschuhe nahmen seine Finger die knirschende Berührung mit dem Rauhreif wahr, der sich bildete. Jetzt war es sehr hell. Es fiel ihm schwer zu schauen, seine Augen tränten. Eine Hand loslassend, richtete er mit der anderen seine Schutzbrille, die bis dahin über den Sturzhelm geschoben war. Seine Augenlider hörten auf zu blinzeln und ihm wehzutun. Alles war so klar geworden wie in einem Aquarium.
Schüchtern warf er einen Blick zu seinen Füßen. Die schwin-

delerregende Flucht des Bodens schnitt ihm den Atem ab. Er war im Mittelpunkt einer Spindel, deren eine Spitze sich im Himmel verlor, während die andere aus dem Graben hervorbrach.

Tastend, mit geschlossenen Augen, um sich nicht zu erbrechen, machte er seine Haken los und drehte sich um, um sich an die Wand zu lehnen. Er band sich in der neuen Stellung wieder fest und mit auseinandergestellten Fersen beschloß er, die Augenlider wieder zu heben. Er preßte seine Fäuste wie Kieselsteine zusammen.

Aus den oberen Regionen fielen unbestimmte glänzende Staubstreifen, ungreifbar, und der fiktive Himmel, von Lichtern durchlöchert, wogte im Unendlichen. Wolfs Gesicht war feucht und eisig.

Seine Beine zitterten jetzt, und es war nicht die Vibration des Motors, der sie zum Zittern brachte. Allmählich gelang es ihm jedoch, sich methodisch unter Kontrolle zu bringen.

In diesem Augenblick stellte er fest, daß er sich erinnerte. Er kämpfte nicht gegen die Erinnerungen und beherrschte sich gründlicher, eingebettet in die Vergangenheit. Der knisternde Rauhreif panzerte seine Lederkleidung mit einer glänzenden Kruste, die an den Handgelenken und an den Knien gebrochen war.

Die Fetzen der früheren Zeit drängten sich um ihn herum, bald sanft wie graue Mäuse, flüchtig und beweglich, bald leuchtend voll Leben und Sonne – andere flossen zart und langsam, flüssig ohne Schlaffheit und leicht, ähnlich der Gischt der Wellen.

Manche hatten die Präzision, die Beständigkeit der falschen Bilder der Kindheit, die hinterher nach Fotografien zustande kommen, oder durch die Gespräche jener, die sich erinnern und welche man unmöglich von neuem nachempfinden kann, da ihre Substanz seit langem vergangen war.

Und andere lebten wieder auf, ganz neu, als er sie zu sich rief, die der Gärten, des Grases und der Luft, deren tausend

Nuancen aus Grün und Gelb sich mit der Smaragdfarbe des Rasens verschmolzen, im frischen Schatten der Bäume ins Schwarze spielend.
Wolf zitterte in der fahlen Luft und erinnerte sich. Sein Leben klärte sich vor ihm in den wellenförmigen Pulsierungen seines Gedächtnisses auf.
Zu seiner Rechten und zu seiner Linken bestrich das schwere Dahinströmen die Pfosten des Kastens.

14 Und zuerst liefen sie in unorganisierten Horden wie eine große Feuersbrunst von Düften, Licht und Gemurmel herbei.
Es gab die Kugelträger, deren rauhe Früchte man trocknen läßt, um daraus das störrische Haar zu gewinnen, das man in den Halsausschnitt werfen kann. Es gibt Leute, die sie Platanen nennen. Dieses Wort ändert nichts an ihren Eigenschaften.
Es gab die tropischen Blätter, die mit langen, braunen, hornartigen Häkchen versehen waren, ähnlich denen von Kampfinsekten.
Es gab die kurzen Haare des kleinen Mädchens in der dritten Klasse und den Schulkittel des Jungen, auf den Wolf eifersüchtig war.
Die großen roten Töpfe auf beiden Seiten der Freitreppe, die von der hereinfallenden Nacht in Indianer verwandelt wurden, und die Unsicherheit der Orthographie.
Die Jagd auf die Erdwürmer mit einem langen Besenstiel.
Dieses riesige Schlafzimmer, dessen rundes Gewölbe man von der Ecke eines Federbettes aus sah, das gewölbt war wie der mächtige Bauch des Riesen, der die Schafe fraß.
Die Melancholie der leuchtenden Kastanien, die man jedes Jahr fallen sah, Roßkastanien, die zwischen den gelben Blättern versteckt waren, mit ihrer weichen, mehrfach aufge-

platzten Schale voller harmloser Stacheln, und die für Spiele benutzt wurden, wie kleine Gnome zu Masken geschnitzt, zu drei- oder vierreihigen Halsketten aufgefädelt waren, faule Kastanien, die in einem ekelerregenden Saft platzten, Kastanien, die in Fensterscheiben geworfen wurden.

Das war in dem Jahr, nach der Rückkehr aus den Ferien, in dem die Mäuse in der unteren Schublade bedenkenlos die Miniaturkerzen angeknabbert hatten, die gestern den Modellkaufladen geschmückt hatten - und man empfindet noch die Freude, als man die nächste Schublade aufzieht und feststellt, daß sie das Paket mit den kleinen Teigbuchstaben unberührt gelassen hatten, mit denen man abends, wenn man die Suppe löffelt, seinen Namen auf den Teller schreibt.

Wo waren die reinen Erinnerungen? Bei fast allen vermischten sich die Eindrücke anderer Zeiten, die sich überlagern und ihnen eine andere Wirklichkeit geben. Es gibt keine Erinnerungen, es ist ein anderes, noch einmal gelebtes Leben mit einer anderen Persönlichkeit, die zum Teil die Folge dieser Erinnerungen selbst ist. Man verkehrt nicht den Sinn der Zeit, es sei denn, man lebt mit geschlossenen Augen, mit tauben Ohren.

In der Stille schloß Wolf die Augen. Er sank immer weiter nach vorn, und vor ihm lief die vierdimensionale Tonkarte seiner fiktiven Vergangenheit ab.

Er war sicherlich ziemlich schnell vorangekommen, denn in diesem Augenblick sah er die Wand des Kastens, die vor ihm war, verschwinden.

Die Haken lösend, die ihn noch hielten, faßte er auf der anderen Seite Fuß.

15

Eine leichte Herbstsonne schien zwischen dem gelben Laub der Kastanienbäume.
Vor Wolf verlief eine Allee in sanftem Gefälle. In der Mitte war der Boden trocken und ein wenig staubig, dunkler jedoch an den Rändern, wo noch einige Ausläufer eines feinen Schlamms zurückblieben, die Überbleibsel der Wasserlachen eines vor kurzem heruntergegangenen Regenschauers.
Zwischen den knarrenden Blättern leuchteten die Mahagonirücken der Roßkastanien, eingehüllt bisweilen in ihre Schalen mit den unbestimmten Farben, vom Rostbeige bis zum Mandelgrün.
Auf beiden Seiten der Allee bot ungepflegter Rasen seine ungleichmäßige Oberfläche der Liebkosung der Sonne dar. Das vergilbte Gras war sporadisch von Disteln durchsetzt und von kräftigen Pflanzen, die in Samen geschossen waren. Die Allee schien zu irgendwelchen Ruinen zu führen, die von einer nicht sehr hohen Dornenhecke eingesäumt waren. Auf einer Bank aus weißem Stein vor den Ruinen erkannte Wolf die sitzende Silhouette eines alten, in Linnen gekleideten Mannes. Als er näher gekommen war, stellte er fest, daß das, was er für ein Kleidungsstück gehalten hatte, in Wirklichkeit ein Bart war, ein riesiger, silberweißer Bart, der fünf- oder sechsmal um den Körper des Mannes gewickelt war.
Neben ihm auf der Bank war ein kleines, blankgeputztes Kupferschild angebracht, das in der Mitte in schwarzen, tiefliegenden Buchstaben einen Namen trug: Monsieur Perle.
Wolf ging auf ihn zu. Als er noch näher war, sah er, daß das Gesicht des Alten so runzlig war wie ein roter Ballon, aus dem zur Hälfte die Luft herausgelassen war. Er hatte eine dicke Nase, in die beachtliche Nasenlöcher hineingetrieben waren, aus denen dichtes Haar hervorsah, vorspringende Augenbrauen über zwei funkelnden Augen und Backenknochen, die wie kleine Backäpfelchen leuchteten. Sein weißes Haar im Bürstenschnitt erinnerte an eine Baumwollkratze. Seine vom Alter deformierten Hände mit den dicken, eckigen Fin-

gernägeln lagen auf seinen Knien. Seine einzige Kleidung war ein altmodisches, grün und weiß gestreiftes Badekostüm und Sandalen, die für seine verhornten Füße viel zu groß waren.

»Ich heiße Wolf«, sagte Wolf.

Er zeigte auf das beschriftete Kupferschild:

»Ist das Ihr Name?«

Der Alte bejahte.

»Monsieur Perle bin ich«, sagte er. »Genau. Léon-Abel Perle. Dann sind Sie jetzt an der Reihe, Monsieur Wolf. Na, wollen mal sehen, worüber könnten Sie denn mit mir reden?«

»Ich weiß nicht«, sagte Wolf.

Der Alte schien erstaunt und machte das ein wenig herablassende Gesicht dessen, der seine Frage an sich selber richtet und nicht den geringsten äußeren Abprall erwartet.

»Natürlich, natürlich, Sie wissen es nicht«, sagte er.

In seinen Bart murmelnd, zog er plötzlich, keiner weiß woher, einen Stoß Karteikarten hervor, die er zu Rate zog.

»Mal sehen...«, sagte er. Monsieur Wolf... ja... geboren am ... in... sehr gut, also... Ingenieur... ja... ja, alles sehr gut. Also, Monsieur Wolf, können Sie mir im einzelnen von Ihren ersten Äußerungen eines Non-Konformismus erzählen?«

Wolf fand den alten Herrn ein wenig wunderlich.

»Was ... inwiefern kann Sie das interessieren?« fragte er schließlich.

Der Alte machte ttt... ttt... mit seiner Zunge über den Zähnen.

»Na, na«, sagte er, »ich nehme an, daß man Ihnen beigebracht hat, anders zu antworten.«

Er gebrauchte den Ton, mit dem man sich bei einem stark von Minderwertigkeitskomplexen beseelten Gesprächspartner verständlich macht.

Wolf zuckte die Achseln.

»Ich sehe nicht ein, inwiefern Sie das interessieren kann«, gab er zur Antwort. »Um so weniger, als ich nie protestiert habe. Ich habe triumphiert, wenn ich glaubte, es tun zu können, und im gegenteiligen Falle habe ich stets die Dinge ignoriert, von denen ich wußte, daß sie mir widerstehen würden.«

»Sie ignorierten sie allerdings nicht so sehr, daß Sie nicht wenigstens das wußten«, sagte der Alte. »Sie kannten sie gut genug, um so zu tun, als ignorierten Sie sie. Los, versuchen Sie ehrlich zu antworten und sich nicht in Allgemeinheiten zu verlieren. Und gab es die Dinge eigentlich nur, um Ihnen zu widerstehen?«

»Monsieur«, sagte Wolf, »ich weiß weder, wer Sie sind, noch mit welchem Recht Sie mir diese Fragen stellen. Da ich in einem gewissen Maße bemüht bin, älteren Menschen gegenüber nachsichtig zu sein, will ich Ihnen mit zwei Worten antworten. Also, ich habe immer behauptet, daß ich mich objektiv in die Lage all dessen versetzen kann, was sich antagonistisch zu mir verhält; daher habe ich auch nie gegen das kämpfen können, was sich mir widersetzte, denn ich verstand, daß das korrespondierende Weltbild das meine, da ich keinen subjektiven Grund hatte, das eine dem andern vorzuziehen, nur ins Gleichgewicht bringen konnte. Das ist alles.«

»Das scheint mir etwas dick aufgetragen«, sagte der Alte. »Nach meinen Unterlagen ist es trotzdem vorgekommen, daß Sie subjektive Gründe hatten und wählten. Hm... schau an... ich sehe hier einen Umstand...«

»Ich habe Kopf oder Schrift gespielt«, sagte Wolf.

»Oh«, sagte der Alte angewidert. »Sie sind ekelhaft. Können Sie mir wenigstens sagen, warum Sie hierher gekommen sind?«

Wolf schaute nach rechts und nach links, zog die Nase hoch und rückte mit der Sprache heraus:

»Um mir über meine Lage klarzuwerden.«

»Nun«, sagte Monsieur Perle, »genau das schlage ich Ihnen vor, und Sie werfen mir Knüppel zwischen die Beine.«

»Sie sind zu unordentlich«, sagte Wolf. »Ich kann nicht jedem Beliebigen alles stückweise erzählen. Sie haben weder Plan noch Methode. Seit zehn Minuten verhören Sie mich schon, und Sie sind noch keinen Daumenbreit weitergekommen. Ich will klare Fragen haben.«

Monsieur Perle strich sich durch seinen großen Bart, bewegte das Kinn von oben nach unten, hielt es ein wenig schief und sah Wolf streng an.

»Aha!« sagte er, »ich sehe, daß es mit Ihnen nicht von alleine geht. Sie haben sich also eingebildet, daß ich Sie aufs Geratewohl und planlos verhört habe.«

»Das sieht man doch«, sagte Wolf.

»Sie wissen, was ein Schleifstein ist«, sagte Monsieur Perle. »Wissen Sie, wie er beschaffen ist?«

»Ich habe mich nicht besonders mit Schleifsteinen befaßt«, sagte Wolf.

»Bei einem Schleifstein«, sagte Monsieur Perle, »gibt es Schleifkörner, die die Arbeit tun, und das Bindemittel, das sie zusammenhält und sich schneller verbrauchen muß als sie, um sie dadurch freizusetzen. Gewiß, es sind die Kristalle, die wirken: aber das Bindemittel ist dennoch genauso notwendig; ohne es gäbe es nur eine Summe von Einzelteilen, denen es zwar weder an Glanz noch an Härte fehlt, die jedoch desorganisiert und nutzlos sind wie ein Band Maximen.«

»Ja«, sagte Wolf, »und ansonsten?«

»Ansonsten«, sagte Monsieur Perle, »habe ich einen Plan, jawohl, und ich werde Ihnen sehr klare, harte und scharfe Fragen stellen; aber die Soße, die Sie über die Fakten gießen, ist für mich ebenso notwendig wie die Fakten selbst.«

»Klar«, sagte Wolf. »Erzählen Sie mir ein wenig von diesem Plan.«

16 »Der Plan«, sagte Monsieur Perle, »ist klar. Zunächst einmal haben wir es mit zwei determinierenden Faktoren zu tun: Sie sind Abendländer und Katholik. Daraus ergibt sich, daß wir uns chronologisch an diese Reihenfolge halten müssen:

1. Verhältnis zu Ihrer Familie;
2. Schularbeit und spätere Studien;
3. Erste Erfahrungen auf dem Gebiet der Religion;
4. Pubertät, Sexualleben als Heranwachsender, eventuelle Heirat;
5. Aktivität als Zelle eines Gesellschaftskörpers;
6. Falls stattgefunden, sonstige metaphysische Unruhen, die entstanden sind aus einer engeren Kontaktaufnahme mit der Welt, und die mit Nummer 2 in Verbindung gebracht werden können, falls Sie nicht wie der Durchschnitt der Menschen Ihrer Art jeden Kontakt mit der Religion in den Jahren, die auf Ihre erste Kommunion folgten, abgebrochen haben sollten.«

Wolf dachte nach, überlegte reiflich, wägte ab und sagte: »Das ist ein möglicher Plan. Natürlich...«

»Gewiß«, unterbrach Monsieur Perle. »Man könnte sich auch auf einen völlig anderen Standpunkt als den chronologischen stellen und die Reihenfolge gewisser Nummern sogar umkehren. Was mich angeht, so bin ich beauftragt, Ihnen Fragen über den ersten Punkt, und nur über diesen, zu stellen. Verhältnis zu Ihrer Familie.«

»Das ist eine bekannte Frage«, sagte Wolf. »Alle Eltern sind sich gleich.«

Monsieur Perle stand auf und begann hin und her zu gehen. Der Hosenboden seines alten Badekostüms hing wie ein Segel bei völliger Windstille über seine mageren Schenkel. »Zum letzten Mal«, sagte er, »bitte ich Sie, sich nicht wie ein Kind anzustellen. Jetzt wird es ernst. Alle Eltern sind sich gleich! Wirklich! Weil Sie also von den Ihren nicht belästigt worden sind, ziehen Sie sie erst gar nicht in Betracht.«

»Meine Eltern waren gut, das stimmt«, sagte Wolf, »aber bei den schlechten reagiert man viel heftiger, und das ist letzten Endes nützlicher.«
»Nein«, sagte Monsieur Perle. »Man verbraucht mehr Energie, aber da man schließlich von weiter unten herkommt, gelangt man am gleichen Punkt an; es ist ein Schlamassel. Natürlich, wenn man mehr Hindernisse überwunden hat, ist man versucht zu glauben, daß man weiter gekommen ist. Das ist falsch. Kämpfen heißt nicht weiterkommen.«
»Das alles gehört doch der Vergangenheit an«, sagte Wolf. »Kann ich mich setzen?«
»Also«, sagte Monsieur Perle, »ich sehe, daß es Ihnen Spaß macht, sich unverschämt und anmaßend mir gegenüber zu verhalten. Auf jeden Fall, wenn Sie etwa über meinen Badeanzug lachen müssen, so vergessen Sie nicht, daß ich auch überhaupt keinen tragen könnte.«
Wolf verfinsterte sich.
»Ich lache nicht«, sagte er vorsichtig.
»Sie können sich setzen«, ergänzte Monsieur Perle.
»Danke«, sagte Wolf.
Gegen seinen Willen ließ er sich von dem ernsthaften Ton Monsieur Perles beeinflussen. Vor seinen Augen sah er, wie sich das gutmütige Gesicht von den vom Herbst wie kleine Kupferschlacken oxydierten Blättern abhob. Eine Kastanie fiel herab und durchlöcherte sie mit dem Geräusch eines Vogels, der auffliegt. Die Schale und die Frucht landeten mit einem sanften Klatschen auf dem Boden.
Wolf sammelte seine Erinnerungen. Er stellte jetzt fest, daß Monsieur Perle recht gehabt hatte, daß er sich nicht übermäßig um seinen Plan gekümmert hatte. Die Bilder kamen ihm bruchstückhaft wieder, aufs Geratewohl, so wie man aus einem Sack Nummern zieht. Er sagte es ihm.
»Alles wird durcheinandergemischt sein!«
»Ich werde schon klarkommen«, sagte Monsieur Perle. »Los, sagen Sie alles. Das Schleifmaterial und das Bindemittel. Und

vergessen Sie nicht, daß das Bindemittel dem Schleifmaterial seine Form gibt.«

Wolf setzte sich hin und legte sein Gesicht in beide Hände. Er begann mit neutraler Stimme zu sprechen, ohne Nuancen, gleichgültig.

»Es war ein großes Haus«, sagte er. »Ein weißes Haus. Ich erinnere mich nicht mehr so genau an den Anfang, ich sehe die Gesichter der Dienstboten wieder vor mir. Morgens kroch ich oft in das Bett meiner Eltern und von Zeit zu Zeit küßten sich mein Vater und meine Mutter in meiner Gegenwart auf den Mund und das war mir sehr unangenehm.«

»Wie waren sie zu Ihnen?« fragte Monsieur Perle.

»Sie haben mich nie geschlagen«, sagte Wolf. »Man konnte sie nicht ärgern. Man mußte es absichtlich tun. Man mußte mogeln. Jedesmal, wenn ich gern zornig gewesen wäre, mußte ich so tun als ob, und jedesmal wählte ich so nichtige und unnütze Motive, daß es mir nicht gelang, eines zu finden.«

Er schöpfte Atem. Monsieur Perle sagte nichts, und sein altes Gesicht war ganz faltig von Aufmerksamkeit.

»Sie hatten immer Angst um mich«, sagte Wolf. »Ich konnte mich nicht zum Fenster hinauslehnen, ich durfte nicht allein die Straße überqueren, es brauchte nur ein leichter Wind aufzukommen, und schon zog man mir mein Ziegenfell an, und sommers wie winters trug ich immer meine Wollweste; es waren gelbliche, verzogene Strickwesten, die aus heimischer Wolle für uns angefertigt wurden. Meine Gesundheit war ein erschreckendes Kapitel. Bis zu meinem fünfzehnten Lebensjahr durfte ich nichts anderes trinken als abgekochtes Wasser. Aber die Feigheit meiner Eltern lag darin, daß sie selber sich nicht schonten und sich durch ihr Verhalten sich selber gegenüber in ihrem Benehmen zu mir ins Unrecht setzten. Weil sie mir immer wieder sagten, daß ich sehr anfällig sei, hatte ich schließlich selber Angst, und ich war fast froh, wenn ich im Winter schwitzend in zwölf Wollschals herumlief. Während meiner ganzen Kindheit haben es sich mein Vater und meine Mutter angelegen sein lassen, mir alles zu ersparen, was mich verletzen konnte. Moralisch empfand ich deswegen eine unbestimmte Verlegenheit, doch mein schlaffes Fleisch freute sich heuchlerisch darüber.«

Er lachte höhnisch.

»Eines Tages, als ich auf der Straße jungen Leuten begegnet war, die, ihren Regenmantel auf dem Arm, spazierengingen, während ich in einem dicken Wintermantel schwitzte, schämte ich mich. Als ich mich im Spiegel betrachtete, sah ich einen linkischen Tolpatsch, zugeschnürt und behütet wie ein Engerling. Als es zwei Tage später regnete, habe ich meine Jacke ausgezogen und bin aus dem Haus gegangen. Ich ließ mir viel Zeit, damit meine Mutter genügend Muße hatte, den Versuch zu unternehmen, mich zurückzuhalten. Doch ich hatte gesagt ›Ich werde ausgehen‹ und ich habe es tun müssen. Und trotz dieser Angst, mich zu erkälten, die mir die Freude verleidete, meine Scham besiegt zu haben, bin ich aus dem Haus gegangen, weil ich mich schämte, daß ich Angst hatte, mich zu erkälten.«

Monsieur Perle hüstelte.

»Hm, hm«, sagte er. »Das ist alles sehr gut.«

»Ist es das, was Sie mich gefragt haben?« sagte Wolf, der sich seiner plötzlich wieder bewußt wurde.

»Fast«, sagte Monsieur Perle. »Sie sehen, es ist sehr einfach, wenn man einmal anfängt. Und was ist passiert, nachdem Sie aus dem Haus gegangen sind?«

»Es hat eine furchtbare Szene gegeben«, sagte Wolf. »Verhältnismäßig.«

Er überlegte und blickte dabei in die Luft.

»Da sind mehrere deutliche Dinge«, sagte er. »Mein Wunsch, meine Schlaffheit zu besiegen und das Gefühl, daß ich diese Schlaffheit meinen Eltern zu verdanken hatte, und die Neigung meines Körpers, sich ganz dieser Schlaffheit zu überlassen. Es ist komisch, wissen Sie, mein Kampf gegen die bestehende Ordnung hat mit der Eitelkeit begonnen. Wenn ich mir in diesem Spiegel nicht lächerlich vorgekommen wäre ... Das Groteske meines Aussehens hat mir die Augen geöffnet. Und die offensichtliche Groteskheit gewisser Familienfreuden hat mich dann vollends angewidert. Sie wissen doch, die Pick-Nicks, bei denen man sein Gras mitbringt, damit man auf der Straße sitzen bleiben kann, um dem Ungeziefer aus dem Weg zu gehen. In einer Wüste hätte mir das Spaß gemacht ... der russische Salat, die Schneckenimbisse, das Makkaronigestänge ... aber wenn jemand vorbeikommt, jedenfalls stiegen mir alle diese demütigenden Formen der Familienzivilisation, die Gabeln, die Aluminiumbecher zu Kopf – ich sah rot – darauf ließ ich meinen Teller fallen und entfernte mich, damit es so aussah, als sei ich anderswo – oder ich setzte mich ans Steuer des leeren Autos, das mir eine mechanische Männlichkeit verlieh. Und unterdessen flüsterte mir mein schlaffes Ich ins Ohr ... ›Hoffentlich bleibt noch russischer Salat und Schinken übrig‹ ... darauf schämte ich mich meiner selbst, schämte mich meiner Eltern und haßte sie.«

»Aber Sie liebten sie sehr!« sagte Monsieur Perle.

»Gewiß«, sagte Wolf. »Und doch genügt noch heute der Anblick eines Weidenkorbs mit zerbrochenem Handgriff, aus dem die Thermosflasche und das Brot hervorsehen, daß sich mir der Magen umdreht und ich am liebsten jemanden umbringen möchte.«

»Es störte Sie gegenüber möglichen Beobachtern«, sagte Monsieur Perle.

»Von diesem Augenblick an«, sagte Wolf, »spielte sich mein Leben im Hinblick auf diese Beobachter ab. Das ist meine Rettung gewesen.«

»Finden Sie, daß Sie gerettet sind?« sagte Monsieur Perle. »Um Ihre Ausführungen zusammenzufassen, Sie beschuldigen Ihre Eltern, in einer ersten Phase Ihrer Existenz bei Ihnen eine Neigung zur Furchtsamkeit gefördert zu haben, der Sie, aus physischer Schwäche, nachzugeben gewillt waren, während Sie moralisch davon abgestoßen wurden. Das hat Sie dazu veranlaßt, Ihrem Leben einen Glanz geben zu wollen, der ihm fehlte und daher dem Verhalten anderer Ihnen gegenüber eine größere Aufmerksamkeit zu widmen, als nötig gewesen wäre. Da Sie sich in einer von sich widersprechenden Belangen beherrschten Lage befanden, mußte es notgedrungen zur Enttäuschung kommen.«

»Und das Gefühl«, sagte Wolf. »Ich wurde in Gefühlen ertränkt. Man liebte mich zu sehr; und da ich mich nicht liebte, schloß ich daraus logischerweise auf die Dummheit derer, die mich liebten … selbst auf ihre Boshaftigkeit - und nach und nach habe ich mir eine Welt nach meinem Maß gezimmert … ohne Schal, ohne Eltern. - Leer und leuchtend wie eine Nordlandschaft, und ich irrte darin umher, unermüdlich und unfreundlich, mit hocherhobener Nase und scharfem Blick … ohne je mit den Augenlidern zu zucken. Ich übte mich darin stundenlang hinter einer Tür, und es kamen mir schmerzliche Tränen, die ich ohne zu zögern auf dem Altar des Heldentums vergoß; unbeugsam, beherrschend, verächtlich, lebte ich heftig …«

Er lachte fröhlich.

»Ohne mir auch nur einen Augenblick lang bewußt zu werden«, schloß er, »daß ich nur ein ziemlich fetter kleiner Junge war und daß die verächtliche Falte meines Mundes, eingerahmt von meinen runden Wangen, mir lediglich ein Aussehen gab, als hielte ich das Verlangen zurück, Pipi zu machen.«

»Aber aber«, sagte Monsieur Perle, »die Heldenträume sind bei jungen Kindern häufig. Das alles genügt mir übrigens, um Sie zu beurteilen.«

»Es ist merkwürdig …«, sagte Wolf. »Diese Reaktion auf die Zärtlichkeit, dieses Bedachtsein auf das Urteil der andern, war ein Schritt zur Einsamkeit hin. Weil ich Angst hatte, weil ich mich schämte, weil ich enttäuscht worden war, habe ich den gleichgültigen Helden gespielt. Was ist wohl einsamer als ein Held?«

»Was ist wohl einsamer als ein Toter?« sagte Monsieur Perle mit gleichgültigem Gesicht.
Vielleicht hatte Wolf nicht gehört. Er sagte nichts.
»Also«, schloß Monsieur Perle, »ich danke Ihnen, hier gehts entlang.«
Mit dem Finger zeigte er auf die Biegung der Allee.
»Auf Wiedersehen?« sagte Wolf.
»Das glaube ich nicht«, sagte Monsieur Perle. »Viel Glück.«
»Danke«, sagte Wolf.
Er sah, wie Monsieur Perle sich in seinen Bart einrollte und sich bequem auf seine Bank aus weißem Stein ausstreckte. Dann ging er auf die Biegung der Allee zu. Die Fragen von Monsieur Perle hatten tausend Gesichter, tausend Tage in ihm aufsteigen lassen, die wie die Feuer eines irren Kaleidoskops in seinem Kopfe tanzten.
Und dann war es plötzlich dunkel.

17

Lazuli klapperte mit den Zähnen. Der Abend war, kompakt und windig, auf einen Schlag hereingebrochen, und der Himmel nutzte die Gelegenheit, um näher an den Boden heranzukommen, den er mit seiner schlaffen Drohung verschlang. Wolf war nicht wieder heruntergekommen, und Lazuli fragte sich, ob er ihn nicht suchen gehen müsse. Wolf würde sich vielleicht ärgern. Er trat an den Motor heran, um ihm etwas Wärme zu nehmen, doch der Motor wärmte kaum.
Seit einigen Stunden waren die Mauern des Karrees in der flockigen Masse des Dunkels verschwunden, und ganz in der Nähe sah man die roten Augen des Hauses blinzeln. Wolf hatte Lil sicherlich Bescheid gesagt, daß er später nach Hause kommen würde, und trotzdem war Lazuli jeden Augenblick darauf gefaßt, eine kleine stürmische Laterne näherkommen zu sehen.

Daher ließ er sich, weil er nicht darauf vorbereitet war, von der Ankunft Folavrils überraschen, die allein war in der Dunkelheit. Er hatte sie erkannt, als sie ganz dicht neben ihm war, und er hatte warme Hände bekommen. Liebenswürdig und ein wenig lianenhaft ließ sie sich küssen. Er streichelte ihren anmutigen Hals, drückte sie an seinen Körper und flüsterte mit halbgeschlossenen Augen Litaneiworte; doch sie spürte, wie er sich plötzlich zusammenzog und erstarrte.
Fasziniert sah Lazuli neben sich einen Mann mit blassem Teint, dunkel gekleidet, der ihn ansah. Sein Mund bildete einen schwarzen Balken in seinem Gesicht, und seine Augen kamen von weither. Lazuli keuchte. Er konnte es nicht ertragen, daß man dem, was er Folavril sagte, lauschte. Er entfernte sich von ihr, und seine Gelenke wurden weiß.
»Was wollen Sie?« sagte er.
Ohne es zu sehen, spürte er das Erstaunen des blonden Mädchens und für den Bruchteil einer Sekunde wandte er den Kopf um. Überrascht war sie, mit einem Halblächeln der Überraschung. Noch nicht beunruhigt. Er hatte gerade soviel Zeit gehabt, den Mann anzusehen... und schon war niemand mehr da. Lazuli begann mit den Zähnen zu klappern, die Kälte des Lebens ließ sein Herz zu Eis erstarren. Niedergeschlagen, alt, stand er bei Folavril. Sie sprachen nichts miteinander. Das Lächeln war von Folavrils Lippen verschwunden. Sie legte ihm ihren schmalen Arm um den Hals und hätschelte ihn wie ein Baby, streichelte seinen kurzgeschorenen Haaransatz hinterm Ohr.
In diesem Augenblick hörten sie den dumpfen Aufprall von Wolfs Absätzen auf dem Boden, und schwerfällig fiel er neben sie. Zusammengekrümmt, kraftlos, kniete er da, den Kopf zwischen den Händen. Auf seiner Wange sah man einen großen schwarzen, dicken und schmierigen Streifen, wie ein Tintenkreuz auf einer schlechten Hausaufgabe; seine schmerzenden Finger verkrafteten kaum ihre lange Umklammerung.

Seinen eigenen Alptraum vergessend, entzifferte Saphir auf dem Körper Wolfs die Spuren einer anderen Unruhe. Der Stoff seiner Schutzkleidung glänzte von mikroskopischen Tröpfchen, wie Perlen, und zusammengesackt, wie ein Leichnam, verharrte er am Fuße der Maschine.

Folavril machte sich von Saphir los und ging zu Wolf. Sie nahm seine Handgelenke in ihre warmen Finger und ohne zu versuchen, sie auseinanderzunehmen, drückte sie sie freundschaftlich. Gleichzeitig sprach sie mit einschmeichelnder, singender Stimme, sie sagte zu ihm, er solle nach Hause gehen, wo es warm sei, wo ein großer Lichtkreis auf dem Tisch sei, wo Lil auf ihn warte; und Saphir beugte sich zu Wolf herab und half ihm aufzustehen. Schritt für Schritt führten sie ihn in die Dunkelheit. Wolf konnte kaum gehen. Er zog ein wenig das rechte Bein nach, wobei er sich mit einem Arm auf Folavrils Schulter stützte. Saphir stützte ihn auf der anderen Seite. Sie legten den ganzen Weg zurück, ohne ein Wort zu sagen. Aus den Augen Wolfs fiel auf das Blutgras ein feindseliges, kaltes Licht, das die leichte Spur seines von Sekunde zu Sekunde schwächer werdenden doppelten Kegels vor sie setzte; als sie an der Haustür ankamen, hatte die massive Undurchsichtigkeit der Nacht sie gerade eingeschlossen.

18 Mit einem leichten Morgenrock bekleidet, saß Lil vor ihrem Frisiertisch und brachte ihre Fingernägel in Ordnung. Sie hatte sie gerade drei Minuten lang in entkalkten Windensaft getaucht gehabt, um die Häutchen weichzumachen und das Möndchen genau ins erste Viertel zu bringen. Sie bereitete sorgfältig den kleinen Käfig mit dem beweglichen Boden vor, in dem zwei spezialisierte Käfer sich die Kinnladen schärften, bis sie, an die Einsatzstelle gebracht, die Aufgabe hätten, die Häute zum Verschwinden zu bringen. Sie mit einigen ausgewählten Worten aufmunternd, setzte Lil den Käfig auf den Fingernagel ihres Daumens und zog an der Zugschnur. Mit einem zufriedenen Schnurren machten sich die Insekten an die Arbeit, von einem krankhaften Wetteifer beseelt. Die Häute verwandelten sich in feinen Staub unter den schnellen Bissen des ersten, während der andere die Arbeit ausfeilte, die von seinem kleinen Kameraden zerschnittenen Ränder putzte und glättete.
Man hörte ein Geklöpfel an der Tür, und Wolf kam herein. Er war rasiert und geschabt, sah gut, aber etwas blaß aus.
»Kann ich mit dir reden, Lil?« fragte er.
»Komm«, sagte sie und machte ihm Platz auf dem mit gesepptem Satin überzogenen Polsterbänkchen.
»Ich weiß nicht worüber«, sagte er.
»Das ist nicht schlimm«, sagte Lil. »Wir reden sowieso nie viel … Es wird dir nicht schwerfallen, was zu finden. Was hast du in deiner Maschine gesehen?«
»Ich bin nicht gekommen, um dir das zu sagen», protestierte Wolf.
»Natürlich nicht«, sagte Lil. »Aber es ist dir dennoch lieber, daß ich dich danach frage.«
»Ich kann dir nicht antworten«, sagte Wolf, »weil es nicht lustig ist.«
Lil setzte den Käfig vom Fingernagel des Daumens auf den des Zeigefingers.
»Du wirst doch diese Maschine nicht so tragisch nehmen«,

sagte sie. »Schließlich ist es eine Initiative, die nicht von dir gekommen ist.«
»Wenn ein Leben«, sagte Wolf, »einen Wendepunkt erreicht, so war es in der Regel nicht das Leben, das das vorher bedacht hat.«
»Diese Maschine ist gefährlich«, sagte Lil.
»Man muß sich in eine gefährliche oder ein klein wenig verzweifelte Situation begeben«, sagte Wolf. »Das ist ausgezeichnet, vorausgesetzt, daß man es nicht ganz absichtlich tut, wie es bei mir der Fall ist.«
»Warum nur ein bißchen absichtlich?« sagte Lil.
»Das kleine bißchen, das nötig ist, um sich, wenn man Angst hat, die Antwort geben zu können«, sagte Wolf, »ich habe es gewollt.«
»Das ist doch Kinderei«, sagte Lil.
Der Käfig flog vom Zeigefinger auf den Mittelfinger. Wolf betrachtete die Käfer.
»Alles, was weder Farbe noch Duft noch Musik ist«, sagte er und zählte an seinen Fingern ab, »ist Kinderei.«
»Und eine Frau?« protestierte Lil. »Seine eigene Frau?«
»Eine Frau infolgedessen nicht«, sagte Wolf, »da sie zumindest alle drei zusammen ist.«
Sie schwiegen einen Augenblick.
»Du bist voll darauf abgefahren, mir entsetzlich überlegene Dinge zu sagen«, sagte Lil, »und es gibt auch ein Mittel, dich zu stoppen, aber ich will nicht Fingernägel in Mitleidenschaft ziehen, auf die ich soviel Mühe verwendet habe. Deshalb wirst du mit Lazuli ausgehen. Du wirst dir Geld nehmen und dann werdet ihr euch beide zerstreuen gehen, das wird euch guttun.«
»Die Dinge von dort drinnen sehen«, sagte Wolf, »das schränkt ganz beachtlich den Bereich des Interesses ein.«
»Du bist ein ewig Entmutigter«, sagte Lil. »Das Komische ist nur, daß du mit dieser Mentalität weiterhin Dinge tust. Immerhin hast du noch nicht alles versucht ...«

»Meine Lil«, sagte Wolf.
Sie war ganz warm in ihrem blauen Morgenrock. Sie roch nach Seife und auf der Haut warm gewordenen Parfüms. Er küßte sie auf den Hals.
»Habe ich mit dir vielleicht schon alles versucht?« fügte er neckisch hinzu.
»Aber gewiß«, sagte Lil, »und ich hoffe, daß du noch weiter versuchen wirst, aber du kitzelst mich, und du wirst meine Fingernägel beschädigen, deshalb ist es mir lieber, wenn du gehst, um mit deinem Gehilfen den Blödmann zu spielen. Laß dich vor heute abend nicht hier blicken, ja... und erzähl mir nicht alles, was ihr getrieben habt. Und heute keine Maschine. Lebe ein wenig, statt immer dasselbe wiederzukäuen.«
»Ich brauche heute keine Maschine«, sagte Wolf. »Ich habe für mindestens drei Tage Dinge vergessen. Warum willst du, daß ich ohne dich ausgehe?«
»Du gehst nicht sonderlich gern mit mir aus«, sagte Lil; »und heute bin ich guter Stimmung, deshalb ist es mir lieber, wenn du gehst. Los, such Lazuli. Und laßt mir Folavril, ja? Du wärst überglücklich, wenn du diesen Vorwand hättest, um mit ihr auszugehen und Lazuli zu sagen, er solle an deinem schmutzigen Motor herumfummeln.«
»Du bist dumm ... und machiavellistisch«, sagte Wolf.
Er stand auf und bückte sich wieder, um eine der Brüste Lils zu küssen, die, nachdem er, Wolf, einmal stand, besonders küssenswert war.
»Zieh Leine!« sagte Lil und gab ihm einen Klaps mit der anderen Hand.
Wolf ging hinaus, machte die Tür zu und ging eine Etage höher. Er klopfte bei Lazuli an. Der herein sagte und auf seinem Bett erschien, mürrisch.
»Ja?« sagte Wolf. »Das ist traurig, wie?«
»Ach ja!« seufzte Lazuli.
»Komm«, sagte Wolf. »Wir machen mal einen Bummel unter Junggesellen.«

»Welches Genre?« sagte Lazuli.
»Unter unseriösen Junggesellen«, sagte Wolf.
»Dann kann ich Folavril nicht mitnehmen?« sagte Lazuli.
»Kommt nicht in Frage«, sagte Wolf. »Wo ist sie eigentlich?«
»In ihrem Zimmer«, sagte Lazuli. »Macht ihre Fingernägel. Puh!«
Sie gingen die Treppe hinunter. Als sie auf dem Treppenabsatz ankamen, wo Wolf wohnte, blieb dieser stehen.

19

»Du bist nicht gut gelaunt«, stellte er fest.
»Sie auch nicht«, sagte Lazuli.
»Nehmen wir was Kräftiges zu uns«, sagte Wolf. »Ich habe einen Rachenputzer 1924, der besonders geeignet ist. Der tröstet.«
Er schleppte Lazuli mit ins Eßzimmer und machte den Wandschrank auf. Es gab eine volle Flasche Rachenputzer, die halb leer war.
»Das genügt«, sagte Wolf. »Direkt aus der Flasche?«
»Jaaa«, sagte Lazuli. »Wie Männer.«
»Die wir sind«, fügte Wolf hinzu, um ihren Entschluß noch zu verstärken.
»Und den Knüppel noch«, sagte Lazuli, während Wolf trank.
»Den Knüppel noch, und um so schlechter für die Glocken. Mögen die Akademiekandidaten recht lange leben. Reichen Sie mir das rüber und trinken Sie nicht alles.«
Mit einem Handrücken putzte sich Wolf die Lefzen ab.
»Du siehst etwas nervös aus«, sagte er.
»Gluck!« machte Lazuli.
Und er fügte hinzu:
»Ich bin ein furchtbarer Simulant.«
Die leere Flasche war sich ihrer totalen Nutzlosigkeit bewußt, sie wurde enger und zog sich zusammen, verdünnisierte sich und verschwand.

»Gehen wir!« sagte Wolf.
Sie brachen auf und traten dennoch auf der Stelle. Das lenkt ab.
Zu ihrer Linken verschwand die Maschine.
Sie überquerten das Karree.
Stiegen durch die Bresche.
Da war die Straße.
»Was werden wir tun?« sagte Lazuli.
»Die Nutten aufsuchen«, sagte Wolf.
»Prima!« sagte Lazuli.
»Wieso prima?« protestierte Wolf. »Das kann ich sagen. Du bist Junggeselle.«
»Richtig«, sagte Lazuli. »Ich darf ohne Reue genießen.«
»Ja«, sagte Wolf. »Aber du wirst es Folavril nicht sagen.«
»Bestimmt nicht!« brummte Lazuli.
»Sie würde nichts mehr von dir wissen wollen.«
»Ich weiß nicht«, sagte Lazuli scheinheilig.
»Soll ich es ihr für dich sagen?« schlug Wolf scheinheilig vor.
»Lieber nicht«, gestand Lazuli ein. »Obgleich ich ja darf, Herrgottnochmal!«
»Ja«, sagte Wolf.
»Bei ihr«, sagte Lazuli, »habe ich Ärger. Ich bin nie allein. Jedesmal, wenn ich anfange, mich sexuell um sie zu kümmern, das heißt mit meiner Seele, ist ein Mann da ...«
Er unterbrach sich.
»Ich bin bekloppt. Das sieht so blöd aus. Sagen wir, daß ich nichts gesagt habe.«
»Es ist ein Mann da?« wiederholte Wolf.
»Das ist alles«, sagte Lazuli. »Es ist ein Mann da, und man kann nichts dagegen tun.«
»Was tut er denn?«
»Er schaut zu«, sagte Lazuli.
»Wobei?«
»Bei dem, was ich tue.«
»Sowas ...«, murmelte Wolf, »sicherlich geniert er sich.«

»Nein...«, sagte Lazuli. »Weil ich nämlich seinetwegen nichts Genierliches tun kann.«
»Das ist ein guter Witz«, sagte Wolf. »Wann bist du auf diese Idee gekommen? Wäre es nicht einfacher, wenn du Folavril sagen würdest, daß du nichts mehr von ihr wissen willst?«
»Aber ich will ja!...« seufzte Lazuli. »Und frag nicht wie!...«
Die Stadt näherte sich ihnen. Die kleinen knospenden Häuser, die fast großen Halbhäuser mit einem noch halb vergrabenen Fenster und alle in verschiedenen Farben und Düften gewachsen. Sie gingen die Hauptstraße entlang und bogen zum Liebesviertel ein. Man ging durch ein goldenes Tor, und alles wurde Luxus. Die Fassaden der Häuser waren mit Türkis oder rosa Lava verkleidet, und auf dem Boden lag dichter, fettiger, zitronengelber Pelz. Über den Straßen gab es Kuppeln aus dünnem Kristall und malven- und wasserfarbenem ziseliertem Glas. Parfümierte Gaslaternen beleuchteten die Nummernschilder der Häuser, vor denen man auf einem kleinen, farbigen Bildschirm die Aktivitäten der Bewohnerinnen in mit schwarzem Samt ausgeschlagenen und blaßgrau beleuchteten Boudoirs kontrollieren konnte. Die Musik knotete einem die sechs letzten Wirbel zusammen, sehr sanft und schwefelig. Jene, die nicht bei der Arbeit waren, befanden sich vor ihren Türen, in Glasnischen, wo rosafarbene Wasserspiele herabrieselten, um sie zu entspannen und zu besänftigen.
Ein Schleier aus rotem Nebel über ihren Köpfen verbarg und enthüllte in Abständen die eigensinnigen Zeichnungen des Glases der Kuppeln.
Auf der Straße waren einige etwas leichtsinnige Männer, die mit unbestimmten Schritten näherkamen. Andere, die vor den Häusern lagen, träumten, während sie neue Kräfte schöpften. Der Bordstein des Bürgersteigs, unter dem zitronengelben Pelz, war aus Schaumgummi, das sich angenehm anfühlte, und die Abwässer aus rotem Dampf flossen an den Häusern entlang, folgten den Abflußrohren aus dickem

Glas, durch die man leicht das Tun in den Badezimmern überprüfen konnte.
Verkäuferinnen von Pfeffer und spanischen Fliegen liefen umher, eine große Blütenschicht im Haar, und sie trugen kleine Tabletts aus mattem Metall mit Sandwichs drauf.
Wolf und Lazuli setzten sich auf den Bürgersteig. Eine hochgewachsene, dunkelhaarige und schlanke Verkäuferin, die einen langsamen Walzer trällerte und deren glatter Schenkel Wolfs Wange berührte, ging nahe an ihnen vorbei. Sie roch nach dem Sand der Inseln. Wolf hielt sie zurück, indem er die Hand ausstreckte. Und er streichelte ihre Haut, indem er den Konturen der festen Muskeln folgte. Sie setzte sich zwischen sie. Sie begannen alle drei Pfeffersandwichs zu essen.
Beim vierten Bissen begann die Luft um ihre Köpfe herum zu vibrieren, und Wolf legte sich bequem in die Gosse. Die Verkäuferin legte sich neben ihn. Wolf lag auf dem Rücken, und sie, auf dem Bauch liegend, sich auf die Ellbogen stützend, schob ihm hin und wieder ein neues Sandwich zwischen die Zähne. Lazuli stand auf und suchte mit den Augen eine Getränketrägerin. Sie kam und sie tranken becherweise gewürzten, kochenden Ananasalkohol.
»Was sollen wir tun?« fragte Wolf sehr sinnlich.
»Wir fühlen uns zwar wohl hier«, sagte Lazuli, »aber in diesen hübschen Häusern würden wir uns noch wohler fühlen.«
»Habt ihr keinen Hunger mehr?« fragte die Pfefferverkäuferin.
»Und keinen Durst mehr?« ergänzte ihre Kollegin.
»Ihr«, sagte Wolf, »können wir mit euch in diese Häuser gehen?«
»Nein«, sagten die beiden Verkäuferinnen. »Wir sind mehr oder weniger Vestalinnen.«
»Darf man dranfahren?« sagte Wolf.
»Ja«, sagten die beiden Mädchen. »Anfahren, ranfahren, dranfahren, aber nicht reinfahren.«
»Oh, verflixt!« sagte Wolf. »Wozu regen wir dann unseren

Appetit an, wenn wir genau im richtigen Augenblick aufhören müssen! ...«
»Wir haben Funktionen«, erklärte die Getränketrägerin. Wir müssen in unserem Beruf achtgeben. Und außerdem stellen die aus den Häusern uns ein wenig auf die Probe ...«
Mit elastischem Kreuz standen sie auf. Wolf setzte sich und fuhr sich mit unsicherer Hand durchs Haar. Er blieb dort, wo er war, umschlang die Beine der Sandwichverkäuferin und drückte seine Lippen auf das Fleisch, das willig war. Dann stand er auf und zog Lazuli mit.
»Komm«, sagte er. »Lassen wir sie arbeiten.«
Schon entfernten sie sich mit Abschiedsgesten.
»Wir zählen fünf Häuser«, sagte Lazuli, »und gehen dann rein.«
»Einverstanden«, sagte Wolf. »Warum fünf?«
»Weil wir zu zweit sind«, sagte Lazuli.
Er zählte:
»... vier ... fünf. Gehen Sie vor.«
Es war eine kleine Achattür, die von leuchtender Bronze eingerahmt war. Auf dem Bildschirm sah man, daß sie schliefen. Wolf stieß die Tür auf. In dem Raum war beiges Licht und auf einem Lederbett lagen drei Mädchen.
»Das ist sehr gut«, sagte Wolf. »Wir ziehen uns aus, ohne sie wachzumachen. Die in der Mitte dient als Trennwand.«
»Da werden wir wieder auf klare Gedanken kommen«, sagte Lazuli entzückt.
Wolf ließ seine Kleider fallen. Lazuli schlug sich mit einem Schnürsenkel herum und riß alles heraus. Sie waren beide nackt.
»Und wenn die in der Mitte wach wird?« sagte Wolf.
»Machen Sie sich nur keine Gedanken«, sagte Lazuli. »Wir werden schon eine Lösung finden. Sie weiß sicher, wie sie sich in einem solchen Fall zu verhalten hat.«
»Ich liebe sie alle«, sagte Wolf. »Sie riechen gut nach Frau.«
Er legte sich an die Rothaarige, die ganz nahe vor ihm war. Sie

war warm von Schlaf und machte die Augen nicht auf. Ihre Beine wurden bis zum Bauch wach. Der Oberkörper schlief weiter, während Wolf, geschaukelt, wieder wahnsinnig jung wurde. Und niemand schaute Lazuli zu.

20 Als Wolf wieder zu Bewußtsein kam, streckte er sich und löste sich vom Körper seiner Liebhaberin, die wieder völlig eingeschlafen war. Er stand auf, ließ seine Muskeln spielen und beugte sich zu ihr herab, um sie hochzuheben. Sie klammerte sich an seinen Hals, und er trug sie bis zur Badewanne, in die ein undurchsichtiges und parfümiertes Wasser lief. Er setzte sie bequem hinein und ging zurück, um sich wieder anzuziehen. Lazuli, der schon fertig war, wartete auf ihn, während er die beiden anderen Mädchen streichelte, die das eher gern mit sich geschehen ließen. Als sie hinausgingen, küßten die Mädchen sie und schlossen sich dann wieder ihrer Gefährtin an.

Wolf und Lazuli traten den gelben Boden mit ihren Füßen, die Hände in den Taschen, wobei sie mit vollen Lungen die milchige Luft einatmeten. Andere Männer begegneten ihnen, voller Heiterkeit. Ab und zu setzte sich der eine oder andere auf den Boden, zog seine Schuhe aus und lehnte sich bequem gegen den Bürgersteig zu einem Schläfchen, bevor er wieder anfing. Manche verbrachten ihr ganzes Leben im Liebesviertel und ernährten sich von Pfeffer und Ananasalkohol. Sie waren mager und zäh, mit flammenden Augen, ausgewogenen Gebärden und friedlichem Geist.

An einer Straßenecke stießen Wolf und Lazuli mit zwei Matrosen zusammen, die aus einem blauen Haus kamen.

»Seid ihr von hier?« fragte der Größere.

Er war groß, dunkelgelockt, mit einem muskulösen Körper und einem Römerkopf.

»Ja«, sagte Lazuli.

»Könnt ihr uns sagen, wo man spielen kann?« fragte der andere Matrose, mittelgroß und -mäßig.
»Was?« fragte Wolf.
»Schröpfung und Aufschlag«, gab der erste Matrose zur Antwort.
»Das Spielviertel ist dort…«, sagte Lazuli und zeigte vor sich. »Wir gehen hin.«
»Wir folgen euch«, sagten die beiden Matrosen im Chor.
Redend setzten sie ihren Weg fort.
»Wann seid ihr an Land gegangen?« fragte Lazuli.
»Vor zwei Jahren«, antwortete der große Matrose.
»Wie heißt ihr denn?« fragte Wolf.
»Ich heiße Sandre«, sagte der große Matrose, »und mein Kumpel heißt Berzingue.«
»Seid ihr schon seit zwei Jahren hier im Viertel?« fragte Lazuli.
»Ja«, sagte Sandre. »Wir fühlen uns hier wohl. Wir lieben das Spiel sehr.«
»Die Schröpfung?« fragte Wolf zurück, der Seemannsgeschichten gelesen hatte.
»Die Schröpfung und den Aufschlag«, sagte Berzingue, der wenig zu reden schien.
»Kommt mit und spielt mit uns«, schlug Sandre vor.
»Schröpfung?« sagte Lazuli.
»Ja«, sagte Sandre.
»Ihr seid sicherlich zu stark für uns«, sagte Wolf.
»Es ist ein gutes Spiel«, sagte Sandre. »Es gibt keine Verlierer. Es gibt nur mehr oder weniger Gewinner, und man zieht Nutzen daraus, daß die andern dabei ebenso gewinnen wie man selber.«
»Ich würde mich fast in Versuchung führen lassen«, sagte Wolf. »Pfeifen wir auf die Zeit. Man muß alles versucht haben.«
»Es gibt keine Zeit«, sagte Berzingue. »Ich habe Durst.«
Er rief eine Getränketrägerin, die herbeigelaufen kam. Auf

ihrem Tablett kochte der Ananasalkohol in Silberbechern. Sie trank mit ihnen, und sie küßten sie auf ihre frischen Lippen.
Sie trampelten immer noch über die dicke gelbe Wolle, die ab und zu von Nebel umgeben war. Sie waren völlig entspannt, quicklebendig bis in die Zehen.
»Vor hier«, sagte Lazuli, »seid ihr da viel zur See gefahren?«
»Nie, nie, niemals«, sagten die beiden Matrosen.
Dann ergänzend Berzingue:
»Wir lügen.«
»Ja«, sagte Sandre. »In Wirklichkeit haben wir nie aufgehört. Wir sagten nie, nie, niemals, weil das in unserer Vorstellung quasigeflötet aufn Leierleid rausgummen sollt.«
»Damit wissen wir immer noch nicht, wo ihr gewesen seid«, sagte Lazuli.
»Wir haben die hohlen Inseln gesehen«, sagte Sandre, »und wir sind drei Tage dort geblieben.«
Wolf und Lazuli sahen sie respektvoll an.
»Und wie sind sie?« sagte Wolf.
»Sie sind hohl«, sagte Berzingue.
»Meine Fresse!« sagte Lazuli.
Er war ganz blaß geworden.
»Man darf nicht daran denken«, sagte Sandre. »Das ist jetzt vorbei. Außerdem haben wir es damals gar nicht gemerkt.«
Er blieb stehen.
»Wir sind angelangt«, sagte er. »Hier ist der Ort. Ihr hattet recht, es ging wirklich da entlang. Wir sind jetzt schon seit zwei Jahren hier, und wir finden uns immer noch nicht zurecht.«
»Wie macht ihr es denn auf See?« fragte Wolf.
»Auf See«, sagte Sandre, »herrscht Abwechslung. Es gibt keine zwei Wellen, die sich gleichen. Hier ist es immer das gleiche. Häuser und nochmals Häuser. Da kommen wir nicht klar.«
Er stieß die Tür auf, und sie akzeptierten dieses Argument.

Im Innern war es groß und gekachelt, alles abwaschbar. Auf der Seite der Spieler setzte man sich in Ledersessel, auf der anderen standen Leute, nackt und angekettet, Frauen oder Männer, je nach Geschmack. Sandre und Berzingue hatten schon Schröpfungspfeifen mit ihren Initialen bei sich, und Lazuli nahm zwei auf einem Tablett für Wolf und sich, zusammen mit einer Schachtel Punktionsnadeln.
Sandre setzte sich, führte seine Pfeife an den Mund und blies. Dort, vor ihm, stand ein fünfzehn- oder sechzehnjähriges Mädchen. Die Nadel schlug in das Fleisch ihrer linken Brust und ein dicker Blutstropfen bildete sich und lief an ihrem Körper herunter.
»Sandre ist lasterhaft«, sagte Berzingue. »Er zielt nach den Brüsten.«
»Und Sie?« fragte Lazuli.
»Ich«, sagte Berzingue, »tue das nur bei den Männern. Ich liebe nämlich die Frauen.«
Sandre war bei seiner dritten Nadel. Sie traf so nahe bei den beiden ersten auf, daß man das schwache Klirren des Stahls hörte.
»Willst du mitspielen?« fragte Wolf Lazuli.
»Warum nicht?« sagte Lazuli.
»Ich«, sagte Wolf, »habe keine Lust mehr.«
»Eine Alte?« schlug Lazuli vor. »Das kann dir doch nicht wehtun, so eine Alte... unterm Auge.«
»Nein«, sagte Wolf. »Ich mag das nicht. Nicht lustig.«
Berzingue hatte seine Zielscheibe gewählt, ein von Stahl durchsiebter Junge, der mit gleichgültigem Gesicht auf seine Füße herabsah. Er nahm tief Atem und blies aus Leibeskräften. Die Spitze landete mitten im Fleisch und verschwand in der Leistengegend des Jungen, der zusammenzuckte. Ein Wächter trat zu ihm.
»Sie spielen zu heftig«, sagte er zu Berzingue. »Wie sollen wir sie ihm herausziehen, wenn Sie so heftig spielen?«
Er beugte sich über die blutende Stelle und aus seiner Tasche

eine Pinzette aus verchromtem Stahl ziehend, wühlte er vorsichtig im Fleisch. Er ließ die glänzende und rote Nadel auf die Fliesen fallen.
Lazuli zögerte.
»Ich habe große Lust, es zu probieren«, sagte er zu Wolf. »Aber ich bin mir gar nicht so sicher, ob ich das so mag wie sie.«
Sandre hatte seine zehn Nadeln verschossen. Seine Hände zitterten und sein Mund schluckte behaglich. Man sah nur noch das Weiße seiner Augen. Er bekam eine Art Krampf und ließ sich in seinem Ledersessel nach hinten fallen.
Lazuli betätigte die Kurbel, die die Zielscheibe vor ihm auswechselte. Plötzlich hielt er inne.
Er hatte einen dunkelgekleideten Mann mit traurigem Gesicht vor sich, der ihn ansah. Er fuhr sich mit den Händen über die Augen.
»Wolf!« hauchte er. »Sehen Sie ihn?«
»Wen?« sagte Wolf.
»Den Mann vor mir.«
Wolf sah hin. Er langweilte sich. Er wollte weggehen.
»Du bist bekloppt«, sagte er zu Lazuli.
Neben ihnen hörte man ein Geräusch. Berzingue hatte wieder zu stark geblasen und bekam nun als Vergeltungsmaßnahme fünfzig Nadeln ins Gesicht. Seine Vorderfront war nur noch ein einziger roter Fleck, und er schluchzte laut, während zwei Wächter ihn wegführten.
Lazuli, von diesem Schauspiel verwirrt, hatte die Augen abgewandt. Er richtete sie wieder nach vorn. Die Zielscheibe war leer. Er stand auf.
»Ich gehe mit Ihnen…«, murmelte er an Wolf gerichtet.
Sie gingen hinaus. Ihr ganzer Schwung war dahin.
»Warum sind wir nur diesen Matrosen begegnet?« sagte Lazuli.
Wolf seufzte.
»Es gibt überall soviel Wasser«, sagte er. »Und so wenige Inseln.«

Sie entfernten sich mit großen Schritten aus dem Spielviertel, und vor ihnen richtete sich das schwarze Stadttor auf. Sie durchschritten das Hindernis und befanden sich wieder in der aus dunklen Fäden gewebten Dunkelheit; sie hatten noch eine Stunde Marsch vor sich, um wieder nach Hause zu gelangen.

21

Sie gingen, ohne sich um den Weg zu kümmern, Seite an Seite nebeneinander her. Lazuli zog ein Bein etwas nach, und sein Monteuranzug aus Rohseide schlug Falten. Wolf ging mit gesenktem Kopf dahin und zählte seine Füße. Nach einer Weile sagte er mit einer Art von Hoffnung:
»Sollen wir bei den Höhlen vorbeigehen?«
»Ja«, sagte Lazuli. »Hier ist zuviel Betrieb.«
Tatsächlich waren sie gerade zum dritten Mal innerhalb von zehn Minuten einem nicht mehr frischen Greis begegnet. Wolf streckte den linken Arm aus, um zu zeigen, daß er abbiegen würde, und sie betraten das erste Haus. Es war ein kaum gewachsenes Haus, ein Stockwerk ungefähr, denn sie näherten sich den Vororten. Sie stiegen die Kellertreppe hinunter, die grün von Moos war, und gelangten zum Hauptkorridor, der die Verbindung herstellte. Von dort aus erreichte man mühelos die Höhlen. Man brauchte lediglich den Wächter niederzuschlagen, was leicht war, da er nur noch einen Zahn hatte.
Hinter dem Wächter öffnete sich eine schmale Tür mit einem Rundbogen und dahinter eine neue Treppe, die von winzigen Kristallen glänzte. Lampen dann und wann lenkten die Schritte Wolfs und Lazulis, die unter ihren Sohlen die blendenden Versteinerungen knirschen ließen. Am Fuße der Treppe wurde der Stollen breiter, und die Luft wurde warm und pulsierte wie in einer Schlagader.
Sie legten zwei- oder dreihundert Meter zurück, bevor sie

miteinander sprachen. Stellenweise war die Mauer von niedrigeren Öffnungen unterbrochen, Verzweigungen des Hauptdurchgangs, und jedesmal änderten sich die Farben der Kristalle. Es gab malvenfarbene, grellgrüne, manche waren wie Opale, mit zugleich milchblauen und orangenen Reflexen; Gänge sahen aus, als seien sie mit Katzenaugen ausgelegt. In anderen zitterte das Licht sanft, und der Mittelpunkt der Kristalle zuckte wie ein kleines Mineralherz. Sie liefen keine Gefahr, sich zu verirren, da sie nur dem Hauptdurchgang zu folgen brauchten, um aus der Stadt zu kommen. Sie blieben manchmal stehen, um mit dem Blick den Lichtaugen in einer der Verzweigungen zu folgen. An den Verbindungsstellen standen Bänke aus weißem Stein, um sich zu setzen.

Wolf dachte, daß die Maschine weiterhin im Dunkel auf ihn wartete, und er fragte sich, wann er dorthin zurückkehren würde.

»Aus den Pfosten der Kabine sickert eine Flüssigkeit«, sagte Wolf.

»Meinen Sie das, was Sie im Gesicht hatten, als Sie ausstiegen?« fragte Lazuli. »Dieses schwarze, klebende Zeug?«

»Es ist erst schwarz geworden, als ich ausgestiegen bin«, sagte Wolf. »Drinnen war es rot. Rot und schmierig wie dickes Blut.«

»Das ist kein Blut«, sagte Lazuli, »es ist wahrscheinlich eine Kondensierung...«

»Das heißt doch nur, ein Geheimnis durch ein Wort ersetzen«, sagte Wolf. »Das ist dann ein anderes Geheimnis, sonst nichts. So fängt es an und schließlich betreibt man Magie.«

»Ja und?« sagte Lazuli. »Ist diese Kabinengeschichte etwa keine Magie? Es ist das Überbleibsel eines alten, gallischen Aberglaubens.«

»Welchen meinen Sie?« sagte Wolf.

»Sie sind wie die andern Gallier«, sagte Lazuli. »Sie fürchten, der Himmel könne Ihnen auf den Kopf fallen, und deshalb beugen Sie vor. Sie schließen sich ein.«

»Mein Gott«, sagte Wolf, »es verhält sich doch umgekehrt. Ich will sehen, was dahinter ist.«
»Wie kommt es denn, daß das rot tropft«, sagte Lazuli, »da es nirgendwo herkommt? Es muß ganz einfach Kondenswasser sein. Aber das kümmert Sie ja überhaupt nicht. Was haben Sie denn dadrin gesehen? Sie sind ja nicht mal in der Lage, mir das zu sagen«, protestierte Lazuli, »dabei arbeite ich von Anfang an mit Ihnen zusammen. Sie wissen ganz genau, daß es Ihnen völlig wurscht ist, was da...«
Wolf gab keine Antwort. Lazuli zögerte. Er faßte sich ein Herz.
»Bei einem Wasserfall«, sagte er, »was da zählt, ist der Fall und nicht das Wasser.«
Wolf hob den Kopf.
»Dadrinnen«, sagte er, »sieht man die Dinge, wie sie gewesen sind. Das ist alles.«
»Und Sie haben Lust, dorthin zurückzukehren?« sagte Lazuli mit einem sarkastikalen Hohngelächter.
»Es ist etwas anderes als Lust«, sagte Wolf. »Es ist unvermeidlich.«
»Puh!...« kicherte Lazuli. »Da muß ich ja lachen.«
»Warum machst du eigentlich so ein dummes Gesicht, wenn du mit Folavril zusammen bist?« sagte Wolf, um einen Gegenangriff zu führen. »Willst du mir das vielleicht sagen?«
»Keineswegs«, sagte Lazuli. »Ich habe Ihnen darüber nichts zu sagen, da nichts Anormales passiert.«
»Du hast dich wohl wieder in der Gewalt?« sagte Wolf. »Weil du das mit einer Liebhaberin aus dem Viertel gemacht hast? Und jetzt glaubst du, daß es auch mit Folavril klappen wird? Gut, du kannst ruhig schlafen. Sobald du wieder mit ihr zusammensein wirst, wird dein Knabe zurückkommen, um dich zu ärgern.«
»Nein«, sagte Lazuli. »Nicht nach dem, was ich getan habe.«
»So, und vorhin bei der Schröpfung, hast du da den Kerl nicht wiedergesehen?« sagte Wolf.

»Nein«, sagte Lazuli, der dreist log. »Du lügst«, sagte Wolf. Und er fügte hinzu:
»Dreist.«
»Sind wir bald da?« sagte Lazuli und wechselte den Ton, weil das peinlich wurde.
»Nein«, sagte Wolf. »Noch eine gute halbe Stunde.«
»Ich will den tanzenden Neger sehen«, sagte Lazuli.
»Das ist bei der nächsten Abzweigung«, sagte Wolf. »In zwei Minuten. Das wird uns nicht wehtun, du hast recht. Diese Schröpfung ist ein dummes Spiel.«
»Das nächste Mal«, sagte Lazuli, »spielen wir lieber Aufschlag.«

22

Und in diesem Augenblick kamen sie dann an der Stelle an, von wo aus man den Neger tanzen sah. Die Neger tanzen nicht mehr draußen. Es gibt immer einen Haufen Dummköpfe, die kommen, um sie anzustarren, und die Neger glauben, daß sie das tun, um sich über sie lustig zu machen. Denn die Neger sind sehr empfindlich, und sie haben recht. Im Grunde bedeutet weiß sein doch nur das Fehlen von Pigmenten und keine besondere Eigenschaft, und es ist nicht einzusehen, warum die Kerle, die das Pulver erfunden haben, vorgeben sollten, daß sie allen andern überlegen sind und das Recht haben sollten, die auf andere Weise interessanten Tätigkeiten des Tanzes und der Musik zu stören. Dies, um klarzumachen, daß der Neger nur diese Ecke gefunden hatte, um seine Ruhe zu haben; die Höhle wurde von einem Wächter bewacht; man mußte also, wenn man den Neger sehen wollte, den Wächter loswerden, und diese Handlung stellte in den Augen des Negers so etwas wie ein Beglaubigungsschreiben dar: wenn die Lust, ihn zu sehen, wirklich so groß war, daß man den Wächter zu Boden schlug, dann verdiente man sich das Recht, es zu tun, weil man damit bewies, daß es einem weitgehend an Vorurteilen fehlte.

Übrigens hatte er sich komfortabel eingerichtet, und eine Spezialröhre brachte ihm echte Sonne und Luft von draußen. Die Abzweigung, die er aufgesucht hatte, mit schönen, orangefarbenen, chromgefaßten Kristallen, war ziemlich großzügig und hatte eher eine hohe Decke, es wuchsen dort tropische Kräuter und Kolibris und in der Regel die unerläßlichen Gewürze. Der Neger machte Musik auf einer perfektionierten Maschine, die lange spielte. Er übte morgens teilweise Tänze ein, die er abends vollständig und in allen Einzelheiten aufführte.

Als Wolf und Lazuli erschienen, wollte er gerade mit dem Schlangentanz beginnen, der von den Hüften bis zu den Zehen ohne Hilfe des Restes ausgeführt wird. Er wartete höflich bis sie in seiner Nähe waren und begann. Seine Musikmaschine bildete eine bezaubernde Begleitung, bei der man das tiefe Timbre einer Dampfersirene erkannte, die, als die Platte aufgenommen worden war, im Handumdrehen das Bariton-Saxophon des Orchesters ersetzte.

Wolf und Lazuli schwiegen und schauten zu. Der Neger war sehr geschickt, er kannte gut fünfzehn Arten, seine Kniescheiben zu bewegen, was selbst für einen Neger eine beachtliche Anzahl ist. Allmählich ließ das alle Unannehmlichkeiten und allen Ärger vergessen, die Maschine, den Stadtrat, Folavril und die Schröpfung.

»Ich bedauere es nicht, daß ich durch die Höhle nach Hause gegangen bin«, sagte Lazuli.

»Sicherlich«, gab Wolf zur Antwort. »Vor allem wo es draußen um diese Zeit stockdunkel ist. Und er hat noch Sonne.«

»Wir sollten herkommen und bei ihm wohnen«, meinte Lazuli.

»Und die Arbeit?« sagte Wolf, keineswegs überzeugt.

»Oh, die Arbeit! ja! wie?« sagte Lazuli. »Aber nein, Sie wollen in Ihre verfluchte Kabine zurückkehren. Die Arbeit ist ein guter Vorwand. Und ich, ich will sehen, ob der Mann zurückkommt.«

»Pst!« sagte Wolf. »Sieh ihn an und laß mich in Ruhe. Er hindert einen daran, an die Sache zu denken.«
»Natürlich«, sagte Lazuli, »aber ich hatte einen Rest von Berufsethos.«
»Scher dich zum Teufel mit deinem Berufsethos«, sagte Wolf.
Der Neger lächelte sie breit an und hörte auf. Der Schlangentanz war zu Ende. Auf seinem Gesicht sah man dicke Schweißtropfen, und er trocknete sich mit einem riesigen karierten Taschentuch ab. Dann begann er, ohne länger zu warten, den Straußentanz zu tanzen. Er vertat sich nicht ein einziges Mal und jeden Augenblick erfand er mit dem Geklapper seiner Füße neue Rhythmen.
Am Ende dieses neuen Tanzes lächelte er sie breit an.
»Sie sind jetzt schon seit zwei Stunden da«, sagte er sehr objektiv.
Wolf sah auf seine Uhr. Es stimmte.
»Sie dürfen uns deswegen nicht böse sein«, sagte er. »Wir waren fasziniert.«
»Dazu dient das«, stellte der Neger fest.
Doch Wolf spürte an ich weiß nicht woran – man spürt sehr schnell, wenn ein Neger empfindlich wird –, daß sie schon zu lange geblieben waren. Mit einem Murmeln des Bedauerns verabschiedete er sich.
»Auf Wiedersehen«, sagte der Neger.
Und erneut fuhr er fort, diesmal mit dem Tanz des hinkenden Löwen. Bevor sie den Hauptstollen erreichten, drehten sich Wolf und Lazuli ein letztes Mal um, und zwar in dem Augenblick, in dem er den Ansturm der Gazelle aus den Hochebenen nachahmte. Dann bogen sie ab und sahen ihn nicht mehr.
»Verflixt!« sagte Wolf. »Wie schade, daß wir nicht mehr länger bleiben können!«
»Wir haben uns bestimmt schon ganz schön verspätet«, sagte Lazuli, ohne sich deshalb im allergeringsten zu beeilen.
»Alles nur Enttäuschungen«, sagte Wolf. »Weil das alles keine Dauer hat.«

»Man fühlt sich frustriert«, sagte Lazuli.
»Aber wenn es Dauer hätte«, sagte Wolf, »wäre es das gleiche Ende.«
»Das hat nie Dauer«, sagte Lazuli.
»Doch«, sagte Wolf.
»Nein«, sagte Lazuli.
Es war schwierig, ein Ende zu finden, deshalb wechselte Wolf das Thema.
»Wir haben einen guten Arbeitstag vor uns«, sagte er.
Er dachte nach und fügte hinzu:
»Die Arbeit, das hat Dauer.«
»Nein«, sagte Lazuli.
»Doch«, sagte Wolf.
Diesmal waren sie gezwungen, den Mund zu halten. Sie gingen schnell, und der Boden begann anzusteigen. Plötzlich war da eine Treppe. In einem Schilderhaus, zur Rechten, stand ein alter Wächter in Habachtstellung.
»Was treibt ihr denn hier?« fragte er sie. »Habt ihr meinen Kollegen auf der anderen Seite zusammengeschlagen?«
»Nicht schlimm«, versicherte Lazuli. »Morgen kann er wieder laufen.«
»Sein Pech«, sagte der alte Wärter. »Ich muß gestehen, daß es mir nicht unlieb ist, Leute zu sehen. Viel Glück, Jungs.«
»Wenn wir zurückkommen«, sagte Lazuli, »werden Sie uns dann hinuntergehen lassen?«
»Kommt nicht in Frage«, sagte der alte Wächter. »Befehl ist Befehl. Man kommt hier nur über meine Leiche durch.«
»Einverstanden«, versprach Lazuli. »Bis bald.«
Draußen hatte der Mond einen grauen, bleichen Hof. Es war windig. Bald würde es Tag werden.
Als Wolf an der Maschine vorüberging, blieb er stehen.
»Geh allein nach Hause«, sagte er zu Lazuli. »Ich gehe wieder rein.«
Lazuli entfernte sich schweigend. Wolf öffnete den Schrank und begann sich auszustaffieren. Seine Lippen bewegten

sich undeutlich. Rolf zog an dem Hebel, der die Tür öffnete und stieg in die Kabine. Die graue Tür fiel hinter ihm mit einem hellen Knall zu.

23

Diesmal hatte er den Zeiger auf die Höchstgeschwindigkeit eingestellt und er spürte nicht, wie die Zeit verging. Als sich sein Geist klärte, befand er sich wieder im oberen Teil der großen Allee, genau an der Stelle, an der er Monsieur Perle verlassen hatte.
Es war der gleiche graugelbe Boden mit den Kastanien, den welken Blättern und dem Rasen. Aber die Ruinen und das Dornengestrüpp lagen verlassen. Er entdeckte die Biegung, der er folgen mußte. Ohne zu zögern ging er weiter.
Fast im gleichen Augenblick wurde ihm bewußt, daß sich plötzlich die Landschaft verändert hatte; trotzdem hatte er nicht das Empfinden einer Unterbrechung, irgendeiner Änderung. Jetzt lag vor ihm eine gepflasterte, ziemlich steife, öde Straße, rechts entlang eines mächtigen, grauen Gebäudes, mit runden Linden bestanden, links von einer strengen, mit Glasscherben gekrönten Mauer gesäumt. Über allen Dingen herrschte völlige Stille. Wolf ging mit langsamen Schritten an der Mauer entlang; nach ein paar dutzend Metern stand er vor einer Schaltertür, die einen Spalt offenstand. Ohne zu zögern stieß er sie auf und trat ein. In diesem Augenblick ertönte ein kurzes Läuten und hörte auf. Er war in einem riesigen, viereckigen Hof, der ihn an den Hof des Gymnasiums erinnerte. Die Anordnung der Örtlichkeiten schien ihm vertraut. Der Tag ging langsam zur Neige. Dort, in dem, was das Büro des Direktors gewesen war, schien ein gelbes Licht. Der Boden war sauber, ziemlich gut gepflegt. Eine Wetterfahne knarrte auf dem großen, schiefergedeckten Dach.
Wolf ging auf das Licht zu. Als er nahe genug war, sah er

durch die Glastür einen Mann, der an einem kleinen Tisch saß und zu warten schien. Er klopfte an und trat ein.
Der Mann sah auf seine Uhr, eine runde Uhr aus Stahl, die er aus der Tasche seiner grauen Weste zog.
»Sie haben sich um fünf Minuten verspätet«, sagte er.
»Entschuldigen Sie bitte«, sagte Wolf.
Das Büro war trostlos, typisch, es roch nach Tinte und Desinfektionsmittel. Neben dem Mann konnte man auf einem kleinen, rechteckigen Schild in schwarzen, tiefliegenden Buchstaben einen Namen lesen: Monsieur Brul.
»Setzen Sie sich«, sagte der Mann.
Wolf setzte sich und sah ihn an. Monsieur Brul hatte einen Umschlag aus dickem Konzeptpapier, der verschiedene Papiere enthielt, geöffnet vor sich liegen. Er war etwa fünfundvierzig Jahre alt, er war mager, seine Kieferknochen traten unter seinen gelben Wangen hervor, und seine spitze Nase wirkte traurig. Er hatte zwei mißtrauische Augen unter mottenzerfressenen Augenbrauen, und eine runde Druckstelle auf seinen grauen Haaren zeigte die Spur eines zu häufig getragenen Hutes an.
»Sie haben bereits bei meinem Kollegen Perle vorgesprochen«, sagte Monsieur Brul.
»Ja, Monsieur«, sagte Wolf. »Léon-Abel Perle.«
»Um dem Plan zu folgen«, sagte Monsieur Brul, »müßte ich Sie jetzt über Ihre Arbeit als Schüler und über Ihre Schulzeit befragen.«
»Ja, Monsieur«, sagte Wolf.
»Das ist mir unangenehm«, sagte Monsieur Brul, »denn mein Kollege Abbé Grille wird wieder darauf zurückkommen müssen. Ihre Beziehungen zur Religion haben nämlich nur sehr kurze Zeit gedauert, während Ihre Schulzeit Sie bis weit über Ihr zwanzigstes Lebensjahr hinaus in Beschlag genommen hat.«
Wolf stimmte zu.
»Sie werden jetzt weitergehen«, sagte Monsieur Brul, »und

dem Innenflur bis zur dritten Abzweigung folgen. Dort werden Sie mühelos Abbé Grille finden und ihm diese Zeilen übergeben. Dann kommen Sie wieder zu mir.«

»Ja, Monsieur«, sagte Wolf.

Monsieur Brul füllte ein Formular aus und hielt es Wolf hin.

»Auf diese Weise«, sagte er, »haben wir genügend Zeit, uns in der Sache zurechtzufinden. Gehen Sie den Flur entlang. Der dritte Seitengang.«

Wolf stand auf, grüßte und ging hinaus.

Er fühlte sich ein wenig bedrückt. Der lange, hallende Flur mit der gewölbten Decke bezog sein Licht von einem Innenhof, einem trübseligen Garten mit Kieswegen, die von Zwergbuchsbaumsträuchern bestanden waren. Abgestorbene Rosensträucher ragten aus den ausgetrockneten Beeten, auf denen jämmerliche Gräschen krochen. Wolfs Schritte hallten im Flur wider, und am liebsten wäre er gelaufen, so wie er lief, wenn er sich verspätet hatte, früher, wenn er durch die Hausmeisterloge ging, weil das mit undurchsichtigem Blech gepanzerte große Tor geschlossen war. Der körnige Betonboden war rechts von Säulen unterbrochen, die das Gewölbe stützten, Streifen aus weißem Stein, die abgenützter waren als das übrige und an denen man die Spuren von fossilem Muschelwerk erkennen konnte. Auf der anderen Seite des Hofes standen die Türen leerer Klassenzimmer mit stufenförmig angeordneten Bänken weit offen; von Zeit zu Zeit erblickte Wolf die Ecke einer Tafel und, starr und streng, einen Katheder auf seinem abgenutzten Podium. Bei der dritten Abzweigung entdeckte Wolf sogleich ein kleines, weißes Emailleschild: Katechismus. Er klopfte schüchtern an und trat ein. Es war ein Saal wie ein Schulsaal ohne Tische, mit harten Bänken voller Schnitzereien und Gekritzel und Lampen, die an langen Leitungen hingen, mit emaillierten Lampenschirmen; die Wände, die bis zu einer Höhe von ein Meter fünfzig braun waren, wurden darüber schmutziggrau. Eine dicke Staubschicht bedeckte die Dinge.

An seinem Tisch schien Abbé Grille, schmal und distinguiert, ungeduldig zu werden. Er hatte einen kleinen Spitzbart und trug eine Soutane von gutem Schnitt; eine leichte, schwarze Ledertasche lag neben ihm auf dem Tisch. In seinen Händen sah Wolf ohne Erstaunen die Akte, die Monsieur Brul einige Augenblicke zuvor gehabt hatte.
Er hielt sein Schreiben hin.
»Guten Tag, mein Sohn«, sagte der Abbé.
»Guten Tag, Monsieur l'Abbé«, sagte Wolf. »Monsieur Brul hat mich ...«
»Ich weiß, ich weiß«, sagte Abbé Grille.
»Haben Sie es eilig?« fragte Wolf. »Ich kann auch wieder gehen.«
»Aber keineswegs, keineswegs«, sagte Abbé Grille. »Ich habe viel Zeit.«
Seine gekünstelte und allzu vornehme Stimme traf Wolf wie lästiges Glas.
»Mal sehen«, murmelte Abbé Grille. »Was mich angeht ... mh ... Sie glauben nicht mehr an viel, nicht wahr. Na, dann sagen Sie mal, wann Sie aufgehört haben zu glauben. Das ist doch eine einfache Frage, nicht wahr?«
»Ja« sagte Wolf.
»Setzen Sie sich, setzen Sie sich«, sagte der Abbé. »Hier ist ein Stuhl ... Lassen Sie sich Zeit, verlieren Sie nicht den Kopf ...«
»Es besteht kein Grund, den Kopf zu verlieren ...«, sagte Wolf ein wenig müde.
»Ist es Ihnen unangenehm?« fragte Abbé Grille.
»Oh nein«, sagte Wolf, »... es ist nur etwas zu einfach, das ist alles.«
»Es ist gar nicht so einfach ... Sie müssen nur suchen ...«
»Man nimmt die Kinder viel zu früh«, sagte Wolf. »Man nimmt sie in einem Alter, in dem sie noch an Wunder glauben; sie möchten gern eins sehen; sie bekommen keins zu sehen, und damit ist für sie alles aus.«
»Sie waren nicht so«, sagte Abbé Grille. »Ihre Antwort mag

vielleicht auf irgendein beliebiges Kind zutreffen ... Sie geben sie mir nur, damit Sie sich nicht eingehend zu rechtfertigen brauchen, und ich kann Sie auch verstehen ... ich kann Sie verstehen, aber in Ihrem Fall, nicht wahr, ist noch etwas anderes ... etwas anderes.«

»Oh«, sagte Wolf wütend, »wenn Sie so gut über mich Bescheid wissen; Sie kennen ja schon die ganze Geschichte.«

»In der Tat«, sagte Abbé Grille, »aber ich brauche auch gar nicht über Sie aufgeklärt zu werden. Das gilt eher für Sie ... nur für Sie.«

Wolf zog einen Stuhl an sich heran und setzte sich. »Ich hatte wie Sie einen Abbé im Katechismusunterricht«, sagte er. »Aber der hieß Vulpian de Naulaincourt de la Roche-Bizon.«

»Grille ist nicht mein vollständiger Name«, sagte der Abbé und lächelte selbstgefällig. »Ich besitze auch das Adelsprädikat ...«

»Und in seinen Augen waren die Kinder nicht alle gleich«, sagte Wolf. »Jene, die schöne Kleider trugen, interessierten ihn sehr, und ihre Mütter ebenfalls.«

»Nichts von alldem kann ein zureichender Grund sein, nicht zu glauben«, sagte Abbé Grille konziliant.

»Ich habe am Tag meiner ersten Kommunion sehr inbrünstig geglaubt«, sagte Wolf. »Ich bin in der Kirche beinahe ohnmächtig geworden. Ich habe das Jesus angelastet. In Wirklichkeit mußten wir drei Stunden in einer stickigen Luft warten, und ich kam vor Hunger um.«

Abbé Grille begann zu lachen.

»Sie haben einen Klein-Buben-Groll auf die Religion«, sagte er.

»Sie haben eine Klein-Buben-Religion«, sagte Wolf.

»Sie sind nicht dazu qualifiziert, das zu beurteilen«, fuhr Abbé Grille fort.

»Ich glaube nicht an Gott«, sagte Wolf.

Er schwieg einige Augenblicke.

»Gott ist der Feind der Leistung«, sagte er.

»Die Leistung ist der Feind des Menschen«, sagte Abbé Grille.
»Des Körpers des Menschen ...«, gab Wolf rasch zur Antwort.
Abbé Grille lächelte.
»Das fängt schlecht an«, sagte er. »Wir reden um die Sache herum, und Sie antworten nicht auf meine Fragen ... Sie antworten nicht ...«
»Die Formen Ihrer Religion haben mich enttäuscht«, sagte Wolf. »Das ist zu willkürlich. Fisimatenten, Liedchen, hübsche Kostüme ... Katholizismus und Varieté, das ist doch alles das gleiche.«
»Versetzen Sie sich wieder in Ihre Geistesverfassung von vor zwanzig Jahren«, sagte Abbé Grille. »Nur zu, ich bin hier, um Ihnen zu helfen... ob Priester oder nicht Priester... auch das Varieté ist sehr wichtig.«
»Man hat kein Argument dafür oder dagegen«, murmelte Wolf. »Man glaubt oder man glaubt nicht. Es hat mich immer peinlich berührt, in eine Kirche zu gehen. Es hat mich immer peinlich berührt, wenn ich sah, wie Männer, die das Alter meines Vaters hatten, ein Knie auf den Boden setzten, wenn sie an einem kleinen Schrank vorbeikamen. Ich schämte mich für meinen Vater. Ich bin nicht mit schlechten Priestern in Berührung gekommen, mit solchen, von deren Schändlichkeiten man in Büchern über Päderasten liest, ich habe keine Ungerechtigkeit erlebt – ich hätte sie auch kaum ausmachen können, aber Priester haben mich immer peinlich berührt. Vielleicht die Soutane.«
»Als Sie gesagt haben ›Ich widersage dem Satan und all seiner Pracht und all seinen Werken?‹« sagte Abbé Grille.
Er versuchte Wolf zu helfen.
»Ich habe an eine Tracht gedacht«, sagte Wolf... »stimmt, ich erinnerte mich nicht mehr... an eine Tracht, die unsere Nachbarin sonntags trug. Wissen Sie, der Katechismus hat mich kaum berührt... ich konnte einfach nicht glauben, erzogen wie ich erzogen war. Es war eine Formalität, damit ich eine

Golduhr bekam und bei meiner Hochzeit auf keine Hindernisse stieß.«

»Wer zwang Sie denn, sich kirchlich trauen zu lassen?« sagte Abbé Grille.

»Die Freunde freuen sich darüber«, sagte Wolf. »Es bedeutet ein Kleid für die Frau und … oh, das geht mir alles auf die Nerven … es interessiert mich nicht. Es hat mich nie interessiert.«

»Wollen Sie ein Foto vom Lieben Gott sehen?« schlug Abbé Grille vor. »Ein Foto?«

Wolf sah ihn an. Der andere machte keinen Witz. Er saß da, aufmerksam beflissen, ungeduldig.

»Ich glaube nicht, daß Sie eins haben«, sagte er.

Abbé Grille steckte die Hand in eine Innentasche seiner Soutane und zog eine hübsche Brieftasche aus kastanienbraunem Krokodilleder daraus hervor.

»Ich habe hier eine ausgezeichnete Serie …«, sagte er.

Er nahm drei davon und hielt sie Wolf hin. Der betrachtete sie gleichgültig.

»Das habe ich mir gleich gedacht«, sagte er. »Es ist mein Freund Ganard. Er hat immer den Lieben Gott gespielt, wenn wir in der Schule ein Theaterstück aufführten oder wenn wir eine Freistunde hatten.«

»Genau«, sagte Abbé Grille. »Ganard, wer hätte das geglaubt, nicht wahr? Er war ein schlechter Schüler. Ein schlechter Schüler. Ganard. Der Liebe Gott. Wer hätte das geglaubt? Hier, sehen Sie sich das an, im Profil. Es ist schärfer. Erinnern Sie sich?«

»Ja«, sagte Wolf. »Er hatte einen großen Schönheitsfleck neben der Nase. Manchmal machte er im Unterricht Flügel und Beine dran, damit man glauben sollte, es sei eine Fliege. Ganard … armer Kerl.«

»Sie dürfen ihn nicht bedauern«, sagte Abbé Grille. »Er hat eine schöne Position. Eine schöne Position.

»Ja«, sagte Wolf. »Eine hübsche Position.«

Abbé Grille steckte die Fotos in seine Brieftasche zurück. In einem anderen Fach fand er ein kleines, rechteckiges Stück Pappe, das er Wolf hinhielt.
»Hier, mein Junge«, sagte er zu ihm. »Im großen ganzen haben Sie gar nicht schlecht geantwortet.«
»Hier haben Sie einen Punkt. Sobald Sie zehn zusammen haben, werde ich Ihnen ein Bild geben. Ein hübsches Bild.«
Wolf sah ihn verblüfft an und schüttelte den Kopf.
»Das ist nicht wahr«, sagte er. »So seid ihr nicht. Ihr seid nicht so tolerant. Das ist Tarnung. Unterwanderung. Propaganda. Wind.«
»Aber nein, aber nein«, sagte der Abbé, »darin irren Sie sich. Wir sind sehr tolerant.«
»Na, na«, sagte Wolf, »wer ist denn toleranter als ein Atheist?«
»Ein Toter«, sagte Abbé Grille gleichgültig und steckte seine Brieftasche wieder in die Tasche. »Also, ich danke Ihnen, ich danke Ihnen. Der nächste bitte.«
»Auf Wiedersehen«, sagte Wolf.
»Werden Sie den Weg wieder herfinden?« sagte Abbé Grille, ohne auf die Antwort zu warten.

24

Wolf war schon hinausgegangen. Er dachte jetzt an alles das. Alles das, was gerade die Person des Abbé Grille zu erinnern ihm verboten hatte … die Stationen des Kreuzwegs in der dunklen Kapelle, bei denen man niederknien mußte und die ihn so quälten, an die er sich jedoch ohne Mißfallen erinnerte. Die Kapelle selbst kühl, ein wenig geheimnisvoll. Rechts vom Eingang stand der Beichtstuhl; er erinnerte sich an seine erste Beichte, die unbestimmt und allgemein war – wie die andern, die darauf folgten – und an die Stimme des Priesters hinter dem kleinen Gitter, die ihm ganz anders vorkam, als seine gewöhnliche Stimme – unbestimmt, ein wenig verschleiert, gelassener, als erhebe ihn seine Funktion als Beichtvater wirklich über seinen Stand – oder besser gesagt, als nehme sie ihm seinen Stand, um ihm eine subtile Fähigkeit des Verzeihens zu verleihen, ein umfassendes Verständnis und die Befähigung, mit aller Sicherheit das Gute vom Bösen unterscheiden zu können. Das Amüsanteste war der Rückzug vor der ersten Kommunion; mit einer Holzklapper versehen, brachte ihnen der Priester, wie kleinen Soldaten, die Bewegung bei, damit es am Tag der feierlichen Handlung keine Pannen gab; und aus diesem Grund verlor die Kapelle etwas von ihrer Macht, wurde ein vertrauterer Ort; so etwas wie ein Einverständnis stellte sich ein zwischen den alten Steinen und den Schülern, die, rechts und links vom Hauptgang aufgestellt, sich darin übten, zwei Reihen zu bilden, die sich zu einer dichteren Kolonne zusammenschlossen, die dann den Gang entlang ging bis zu den Stufen und sich wieder in zwei Reihen aufteilte, um aus den Händen des Abbés und eines Vikars, der ihm an dem besagten Tag assistieren sollte, die Hostie zu empfangen. Wird mir der Abbé oder der Vikar die Hostie hinhalten? fragte sich Wolf, und er faßte sehr komplizierte Manöver ins Auge, um sich im entscheidenden Augenblick an die Stelle eines seiner Kameraden zu setzen und sie von dem richtigen zu empfangen, denn wenn es der andere war, lief man Gefahr, vom Blitz getroffen zu Boden zu sinken oder für immer dem Satan zu verfallen. Außerdem hatte man Choräle gelernt. Die Kapelle ertönte von so sanften Lämmern, von Glorie, von Hoffnung und von Beistand..., und Wolf wunderte sich jetzt, als er sah, wie sinnleer alle diese Worte von Liebe und Anbetung blieben, wie sie sich ausschließlich auf ihre Klangfunktion im Munde der Kinder um ihn herum, wie auch in seinem eigenen Mund beschränkten. Zu diesem Zeitpunkt war es lustig, zur ersten Kommunion zu gehen; man hatte gegenüber den Jungen – den Jüngeren – den Eindruck, daß man auf der gesellschaftlichen Leiter um eine Stufe höhergestiegen war, daß man aufrückte, und gegenüber den Älteren, daß man nun ihren Stand erreicht hatte, daß man nun von gleich zu gleich mit ihnen reden konnte. Und außerdem die Armschleife, der blaue Anzug, der gestärkte Kragen, die Lackschuhe – und trotz allem, die Aufregung des großen Tages, die geschmückte Kapelle, voller Leute, der Geruch des Weihrauchs und die tausend Lichter der Kerzen, das gemilderte Gefühl, einer Aufführung beizuwohnen und sich einem großen Mysterium zu nähern, der Wunsch, durch seine Frömmigkeit zu erbauen, die Furcht, »Sie« zu kauen – das »wenn es doch wahr wäre« – das »es ist wahr« und dann, mit vollem Magen wieder zu Hause, der bittere Eindruck, daß man angeschmiert worden ist. Es blieben die vergoldeten Bilder, die man mit den Kameraden austauschte, der Anzug, den man abnützen würde, der gestärkte Kragen, mit dem man nie etwas tun würde und eine goldene Uhr, die nur dazu taugte, später verkauft zu werden, wenns einem mal miserabel ginge, und die man nicht bedauern würde. Auch ein Meßbuch, das Geschenk einer frommen Kusine, das man sich nie wegzuwerfen traut, wegen des hübschen Einbands, und mit dem man nie etwas anzufangen weiß ... Enttäuschung ohne Tiefe ... lächerliche Komödie ... und ein kleines Bedauern, daß man nicht weiß, ob man Jesus gesehen hat oder ob es einem schlecht geworden ist wegen der Hitze, den Gerüchen, dem frühen Aufstehen am Morgen oder dem Kragen, der zu stark drückte ... Leere. Eine vergebliche Maßnahme.

Dann stand Wolf wieder vor der Tür von Monsieur Brul und vor Monsieur Brul selber. Er fuhr sich mit der Hand über die Stirn und setzte sich.

»Fertig?« , sagte Monsieur Brul.

»Fertig«, sagte Wolf. »Ohne Ergebnis.«

»Wieso?«, sagte Monsieur Brul.

»Ich kam nicht klar mit ihm«, sagte Wolf. »Wir haben nur dummes Zeug geredet.«

»Aber hinterher?« fragte Monsieur Brul. »Sie haben sich doch alles selbst erzählt. Das ist doch das Wichtigste.«

»Ach?« sagte Wolf. »Ja. Gut. Trotzdem ist es eine Nummer, die man aus dem Plan hätte herausnehmen können. Sie ist leer, substanzlos.«
»Das ist der Grund«, sagte Monsieur Brul, »weshalb ich Sie gebeten habe, zuerst bei ihm vorbeizuschauen. Um schnellstens mit etwas Unwichtigem fertigzuwerden.«
»Völlig unwichtig«, sagte Wolf. »Das hatte mich nie belastet.«
»Natürlich nicht, natürlich nicht«, murmelte Monsieur Brul vor sich hin, »aber so ist es halt vollständiger.«
»Der Liebe Gott«, erklärte Wolf, »war Ganard, einer meiner Klassenkameraden. Ich habe sein Foto gesehen. Das führt die Sache genau auf ihr richtiges Maß zurück. Im Grunde war diese Unterhaltung nicht nutzlos.«
»Jetzt«, sagte Monsieur Brul, »wollen wir ernsthaft reden.«
»Das erstreckt sich über soviele Jahre ...«, sagte Wolf. »Alles ist durcheinander gemischt. Man wird erst einmal Ordnung in das Ganze bringen müssen.«

25

»Der wichtigste Punkt«, sagte Monsieur Brul und zog dabei sorgfältig die Worte auseinander, »besteht darin herauszufinden, inwiefern Ihre Schulzeit zu Ihrem Ekel am Dasein beigetragen hat. Denn das ist doch der Grund, der Sie hierher geführt hat?«
»So in etwa«, sagte Wolf. »Denn ich bin auch in dieser Hinsicht enttäuscht worden.«
»Zunächst jedoch«, sagte Monsieur Brul, »wie groß ist Ihre Verantwortung für diese Schulzeit?«
Wolf erinnerte sich sehr gut, daß er in die Schule hatte gehen wollen. Er sagte es Monsieur Brul.
»Aber«, ergänzte er, »ich glaube, es ist redlich hinzuzufügen, daß ich doch in die Schule gegangen wäre, auch wenn ich es nicht gewünscht hätte.«
»Ist das ganz sicher?« fragte Monsieur Brul.

»Ich habe schnell gelernt«, sagte Wolf, »und ich wollte Schulbücher haben, Federn, einen Ranzen und Papier, das stimmt. Aber meine Eltern hätten mich sowieso nicht zu Hause behalten.«
»Man kann auch was anderes tun«, sagte Monsieur Brul. »Musik. Zeichnen.«
»Nein«, sagte Wolf.
Er betrachtete zerstreut das Zimmer. Auf einem staubigen Ordner thronte eine alte Gipsbüste, der eine unerfahrene Hand einen Schnurrbart angemalt hatte.
»Mein Vater«, erklärte Wolf, »hatte in ziemlich jungen Jahren sein Studium abgebrochen, doch seine Mittel erlaubten es ihm, ohne auszukommen. Deshalb legte er so großen Wert darauf, daß ich meines abschließe. Und daß ich folglich erst einmal damit anfange.«
»Mit einem Wort«, sagte Monsieur Brul, »man hat Sie aufs Gymnasium geschickt.«
»Ich sehnte mich nach Kameraden meines Alters«, sagte Wolf. »Das spielte auch eine Rolle.«
»Und alles ist gut verlaufen«, sagte Monsieur Brul.
»In einem gewissen Sinne schon...«, sagte Wolf. »Doch die Neigungen, die bereits mein Kinderleben beherrschten, haben sich immer stärker entwickelt. Verstehen wir uns richtig. Zum einen hat das Gymnasium mich befreit, denn ich bekam hier Menschen zu sehen, deren von ihrem Milieu abgeleitete Gewohnheiten und Schrullen nicht identisch waren mit denen meines Milieus; was mich indirekt dazu brachte, an der Gesamtheit der Gewohnheiten zu zweifeln und unter allen die zu wählen, die am geeignetsten waren, mich zufriedenzustellen, um mir damit eine Persönlichkeit zu schaffen.«
»Sicherlich«, sagte Monsieur Brul.
»Zum andern«, fuhr Wolf fort, »hat das Gymnasium dazu beigetragen, die Unterscheidungsmerkmale zu verstärken, von denen ich Monsieur Perle erzählt habe: Wunsch nach Heldentum zum einen, physische Schlaffheit zum andern

und folglich Enttäuschung, die verursacht wurde durch meine Unfähigkeit, mich dem einen oder dem andern der beiden vollständig zu überlassen.«

»Ihr Gefallen am Heldentum trieb Sie dazu, nach dem ersten Platz zu trachten«, sagte Monsieur Brul.

»Doch meine Faulheit verbot mir, ihn ständig zu halten«, sagte Wolf.

»Das bedeutet ein ausgewogenes Leben«, sagte Monsieur Brul. »Was ist daran schlecht?«

»Es ist ein unbeständiges Gleichgewicht«, versicherte Wolf. »Ein erschöpfendes Gleichgewicht. Ein System, bei dem alle Antriebskräfte fehlen, wäre viel eher nach meinem Geschmack gewesen.«

»Was gibt es Beständigeres ...«, begann Monsieur Brul ..., dann sah er Wolf ganz seltsam an und sagte nichts mehr.

»Meine Heuchelei wurde immer nur größer«, sagte Wolf ohne mit der Wimper zu zucken, »ich war kein Heuchler in dem Sinne, daß man etwas verheimlicht: die Heuchelei beschränkte sich auf meine Arbeit. Ich hatte das Glück, begabt zu sein, und ich tat so, als arbeitete ich, obgleich ich ohne die geringste Anstrengung über dem Durchschnitt lag. Aber die begabten Leute sind nicht beliebt.«

»Wollen Sie, daß man Sie liebt?« sagte Monsieur Brul, der ein Gesicht machte, als hätte er nichts gesagt.

Wolf wurde blaß und sein Gesicht schien verschlossen zu werden.

»Lassen wir das beiseite«, sagte er. »Wir sprechen von der Schulzeit.«

»Dann sprechen wir von der Schulzeit«, sagte Monsieur Brul.

»Stellen Sie mir Fragen«, sagte Wolf, »und ich werde antworten.«

»In welchem Sinne«, fragte Monsieur Brul sogleich, »hat Ihre Schulzeit Sie gebildet? Aber begnügen Sie sich bitte nicht damit, zu Ihrer frühen Kindheit zurückzugehen. Was war das Ergebnis all dieser Arbeit – denn es gab Ihrerseits Arbeit und mit Sicherheit einen, vielleicht äußerlichen Fleiß; nun ist es aber so, daß eine Regelmäßigkeit von Gewohnheiten unweigerlich auf einen Menschen wirkt, sofern diese Regelmäßigkeit ziemlich lange dauert.«

»Ziemlich lange...«, wiederholte Wolf. »Was für ein Leidensweg! Sechzehn Jahre lang ... sechzehn Jahre lang mit dem Arsch auf harten Bänken... sechzehn Jahre lang abwechselnd Tricks und Ehrlichkeit. Sechzehn Jahre Langeweile und Ärger - und was bleibt davon übrig? Winzige Einzelbilder... der Geruch von neuen Büchern am ersten Oktober, die Blätter, die man bemalte, der ekelhafte Bauch des Froschs, der beim Biologieunterricht seziert wurde, mit seinem Formolgeruch, und die letzten Tage im Schuljahr, wo man merkte, daß die Lehrer auch nur Menschen sind, weil sie in Urlaub fahren werden, und weil wir nicht mehr so viele sind. Und alle diese großen Ängste, deren Ursachen man nicht mehr kennt, die Tage vor den Prüfungen ... Eine Regelmäßigkeit von Gewohnheiten... darauf beschränkte sich das... aber wissen Sie auch, Monsieur Brul, daß es gemein ist, Kindern eine Regelmäßigkeit von Gewohnheiten aufzuzwingen, die sechzehn Jahre dauert? Die Zeit ist verfälscht, Monsieur Brul. Die wirkliche Zeit ist nicht mechanisch, aufgeteilt in Stunden, die sich alle gleich sind... die wirkliche Zeit ist subjektiv... man trägt sie in sich... Stehen Sie jeden Morgen um sieben Uhr auf... Essen Sie um zwölf Uhr zu mittag und gehen Sie um neun Uhr zu Bett... und Sie werden nie eine Nacht für sich haben... niemals werden Sie wissen, daß es einen Augenblick gibt, wo das Meer aufhört sich herabzustürzen und für eine kurze Weile stillsteht, bevor es wieder ansteigt, in dem die Nacht und der Tag sich vermischen und verschmelzen und eine Flutwelle bilden, ähnlich der, wie sie die Flüsse beim Zusammentreffen mit dem Ozean entstehen lassen. Man hat mir sechzehn Jahre Nacht gestohlen, Monsieur Brul. Und das ist nur eins unter anderem, was man mir gestohlen hat... Man hat mir mein Ziel gestohlen, Monsieur Brul. Man hat mich in

der Sexta glauben gemacht, in die Quinta zu kommen, habe mein einziger Fortschritt zu sein … in der Prima mußte ich das Abitur haben … und dann ein Diplom … Ja, ich habe geglaubt, ich hätte ein Ziel, Monsieur Brul … und ich hatte nichts … Ich lief durch einen Korridor ohne Anfang, ohne Ende, im Schlepptau von Dummköpfen, anderen Dummköpfen vorausgehend. Man rollt das Leben in Diplome ein. So wie man die bitteren Pülverchen in Pillen verpackt, damit man sie mühelos schluckt … aber sehen Sie, Monsieur Brul, ich weiß jetzt, daß ich gern den richtigen Geschmack am Leben gehabt hätte.«
Monsieur Brul rieb sich die Hände, ohne etwas zu sagen, dann zog er an seinen Fingern und ließ sie kräftig knacken, etwas Unangenehmes, dachte Wolf.
»Deshalb habe ich gemogelt«, schloß Wolf. »Ich habe gemogelt … um nur der zu sein, der in seinem Käfig nachdenkt, denn schließlich steckte ich da drin, zusammen mit den andern, die träge blieben … und ich bin keine Sekunde früher herausgekommen. Gewiß, sie mögen geglaubt haben, daß ich mich unterwerfe, daß ich es genauso mache wie sie, und das kam meinem Bedachtsein auf die Meinung der andern entgegen. – Dennoch lebte ich während dieser ganzen Zeit anderswo … ich war ein Faultier und dachte an was anderes.«
»Hören Sie«, sagte Monsieur Brul, »ich kann darin keine Mogelei sehen. Ob faul oder nicht, Sie haben Ihr Studium abgeschlossen, und zwar mit einem achtbaren Ergebnis. Daß Sie an etwas anderes gedacht haben, ist doch in keiner Weise Ihre Schuld.«
»Das hat mich verbraucht, Monsieur Brul«, sagte Wolf. »Ich hasse meine Studienjahre, weil sie mich verbraucht haben. Und ich hasse den Verschleiß.«
Er schlug mit der flachen Hand auf den Schreibtisch.
»Sehen Sie«, sagte er. »Dieser alte Schreibtisch. Alles, was das Studium umgibt, ist so. Alte, schmutzige, verstaubte Dinge. Farbe, die als ungesunder Grind herabfällt. Lampen voller

Staub und Fliegendreck. Überall Tinte. Löcher, die mit dem Taschenmesser in die Tische geschnitten wurden. Vitrinen mit ausgestopften Vögeln, voller Würmer. Chemielabore, die stinken, dürftige, schlecht gelüftete Turnhallen, Schlacke auf den Höfen. Und alte, schwachsinnige Lehrer. Vergreiste. Eine Schule der Vergreisung. Der Unterricht... Und das alles altert schlecht. Es wird aussätzig. Es nutzt sich an der Oberfläche ab, und man sieht, was darunter ist. Mieses Material.«
Monsieur Brul schien leicht die Stirn zu runzeln, und seine lange Nase legte sich mit einer Andeutung von Mißbilligung in Falten.
»Wir nutzen uns alle ab...«, sagte er.
»Ja, gewiß«, gab Wolf zur Antwort, »aber nicht ganz auf diese Weise. Wir blättern ab... unsere Abnutzung kommt vom Mittelpunkt her. Das ist nicht so häßlich.«
»Die Abnutzung ist kein Makel«, sagte Monsieur Brul.
»Doch«, gab Wolf zur Antwort. »Man muß sich schämen, daß man sich abnutzt.«
»Aber«, wandte Monsieur Brul ein, »jedem ergeht es so.«
»Das ist ohne Bedeutung«, sagte Wolf, »wenn man gelebt hat. Aber daß man damit schon anfängt, dagegen habe ich mich aufgelehnt. Sehen Sie, Monsieur Brul, mein Gesichtspunkt ist einfach: solange es einen Ort gibt, an dem man Luft, Sonne und Gras findet, soll man es bedauern, daß man nicht dort ist. Vor allem, wenn man jung ist.«
»Kommen wir auf unser Thema zurück«, sagte Monsieur Brul.
»Wir sind mitten drin«, sagte Wolf.
»Finden Sie denn nichts, was Sie Ihrem Studium zugutehalten könnten?«
»Ach...«, sagte Wolf... »wissen Sie, Monsieur Brul, es ist ein Fehler, daß Sie mich das fragen...«
»Warum?« sagte Monsieur Brul. »Mir ist das, wie Sie wissen, unwahrscheinlich gleichgültig.«
Wolf sah ihn an, und der Schatten einer weiteren Enttäuschung zog an seinen Augen vorüber.

»Ja«, sagte er …, »entschuldigen Sie bitte.«
»Dennoch«, sagte Monsieur Brul, »muß ich es wissen.«
Wolf nickte mit dem Kopf und biß sich in die Unterlippe, bevor er begann.
»Man lebt nicht ungestraft«, sagte er, »in einer abgeteilten Zeit, ohne dabei einen billigen Gefallen an einer gewissen Scheinordnung zu finden. Und was ist dann natürlicher, als sie auf alles auszudehnen, was einen umgibt …«
»Nichts ist natürlicher«, sagte Monsieur Brul, »obgleich Ihre Behauptungen in Wirklichkeit charakteristisch sind für Ihren eigenen Geist und nicht für den der andern, aber lassen wir das.«
»Ich klage meine Lehrer an«, sagte Wolf, »daß sie mich durch ihren Ton und den ihrer Lippen an eine mögliche Unbeweglichkeit der Welt glauben ließen. Daß sie meine Gedanken in einem bestimmten Stadium erstarren ließen (das übrigens nicht ohne ihren Widerspruch festgelegt wurde) und daß sie mich in dem Glauben wiegten, es könne irgendwo eines Tages eine ideale Ordnung geben.«
»Nun«, sagte Monsieur Brul, »das ist ein Glaube, der Sie anfeuern kann, meinen Sie nicht auch?«
»Wenn man merkt, daß man sie nie erreicht«, sagte Wolf, »und daß erst Generationen, die ebenso fern sind wie die Nebelsterne am Himmel, in den Genuß dieser Ordnung kommen, dann schlägt diese Ermunterung in Verzweiflung um und fällt einem tief ins eigene Innere, so wie die Schwefelsäure die Baryumsalze fällt. Dies, um im Schulbereich zu bleiben. Obgleich im Falle des Baryums der Niederschlag weiß ist.«
»Ich weiß, ich weiß«, sagte Monsieur Brul. »Verlieren Sie sich nicht in Kommentare, die ohne Interesse sind.«
Wolf sah ihn gehässig an.
»Es reicht«, sagte er. »Ich habe Ihnen jetzt genug gesagt. Sehen Sie zu, wie Sie so klarkommen.«
Monsieur Brul runzelte die Stirn, und seine Finger klopften auf den Tisch.

»Sechzehn Jahre Ihres Lebens«, sagte er, »und Sie haben genug darüber gesagt. Das war also der ganze Eindruck, den das auf Sie gemacht hat. Sie brechen das einfach über dem Knie ab.«
»Monsieur Brul«, sagte Wolf und betonte seine Worte, »nun hören Sie mal gut zu, was ich Ihnen darauf zu antworten habe. Hören Sie gut zu. Eure Schulbildung ist ein Witz. Es ist das Oberflächlichste von der Welt. Seit Generationen versucht man, den Leuten weiszumachen, daß ein Ingenieur ein Gelehrter, ein Elitemensch ist. Da kann ich nur lachen; und niemand macht sich da was vor – außer den angeblichen Elitemenschen –, Monsieur Brul, es ist schwerer, boxen zu lernen als Mathematik. Andernfalls gäbe es in den Schulen mehr Boxunterricht als Rechenunterricht. Es ist schwerer, ein guter Schwimmer zu werden, als französisch schreiben zu können. Andernfalls gäbe es mehr Schwimmlehrer als Französischlehrer. Jeder kann Abiturient werden, Monsieur Brul ... und außerdem gibt es viele Abiturienten, aber nun zählen Sie einmal, wie groß die Anzahl derer ist, die in der Lage sind, am Zehnkampf teilzunehmen. Monsieur Brul, ich hasse meine Schulzeit, weil es zuviele Dummköpfe gibt, die lesen können; und diese Dummköpfe wissen darüber genau Bescheid, sie reißen sich gegenseitig die Sportzeitungen aus der Hand und verherrlichen die Leute vom Sportplatz. Es wäre immer noch besser, wenn man lernte, wie man richtig Liebe macht, als mit einem Geschichtsbuch zu verblöden.«
Monsieur Brul hob schüchtern eine Hand.
»Es ist nicht mein Amt, Sie darüber zu verhören«, sagte er. »Noch einmal, weichen Sie nicht vom Thema ab.«
»Die Liebe ist eine physische Tätigkeit, die genauso vernachlässigt wird wie die andern«, sagte Wolf.
»Möglich«, gab Monsieur Brul zur Antwort, »aber in der Regel widmet man ihr ein besonderes Kapitel.«
»Gut«, sagte Wolf, »reden wir nicht mehr davon. Sie wissen jetzt, was ich von eurer Schulzeit halte. Von eurer Vergrei-

sung. Von eurer Propaganda. Von euren Büchern. Von euren stinkenden Klassenzimmern und euren masturbierten Faulpelzen. Von euren Lokussen voller Scheiße und von euren heimtückischen Radaubrüdern, von euren blaßgrünen und brillentragenden Gymnasiasten, von euren wichtigtuerischen Polytechnikern, von euren im Bürgertum versackten Absolventen der Kunstschulen, von euren diebischen Ärzten und euren anrüchigen Richtern... mein Gott... erzählen Sie mir lieber was von einem anständigen Boxkampf... der ist zwar auch nicht echt, aber es erleichtert wenigstens.«

»Das erleichtert nur wegen des Kontrasts«, sagte Monsieur Brul. »Wenn es ebenso viele Boxer gäbe wie Studenten, würde man den ersten Preisträger des Schülerwettbewerbs auf den Schultern im Triumph tragen.«

»Vielleicht«, sagte Wolf, »aber man hat sich nun einmal dafür entschieden, die intellektuelle Kultur zu propagieren. Um so besser für die Körperkultur... Und wenn Sie mich jetzt in Frieden lassen können, käme mir das verdammt gut zupaß.«

Er vergrub den Kopf in seinen Händen und hörte einige Augenblicke lang auf, Monsieur Brul anzusehen. Als er wieder aufsah, war Monsieur Brul verschwunden, und er saß mitten in einer Wüste aus goldgelbem Sand; das Licht schien von überall hervorzuquellen, und ein schwaches Geräusch von Wellen kam von hinter ihm. Als er sich umdrehte, sah er in einer Entfernung von hundert Metern das Meer, blau, warm, wesentlich, und er spürte, wie ihm das Herz aufging. Er zog seine Schuhe aus, ließ sein Schuhwerk, seine Lederjacke und seinen Helm dort liegen und lief dem glänzenden Gischtstreifen entgegen, der die azurblaue Fläche säumte. Und plötzlich verschwamm alles, verschwand. Und wieder war es der Taumel, die Leere und die eisige Kälte der Kabine.

26

Wolf war wieder in seinem Büro und spitzte die Ohren. Über sich hörte er die ungeduldigen Schritte Lazulis in seinem Zimmer. Lil kümmerte sich wohl um das Haus, ganz in der Nähe. Wolf fühlte sich eingekreist, er hatte in so kurzer Zeit eine solche Menge von Zerstreuungen ausgeschöpft, daß er keine Ideen mehr hatte, nur noch einen großen Überdruß, nur noch die eiserne Kabine; und der Ausgang des Versuchs gegen die Erinnerungen schien jetzt zweifelhaft.

Er stand auf, er fühlte sich unwohl in seiner Haut und suchte Lil von Zimmer zu Zimmer. Sie kniete vor der Kiste des Senators in der Küche. Sie sah ihn an, und ihre Augen schwammen in Tränen.

»Was ist los?« fragte Wolf.

»Zwischen den Pfoten des Senators schlief das Ouapiti; der Senator trielte mit hügligen Augen und sang undeutliche Bruchstücke von Liedern.

»Es ist wegen Senator«, sagte Lil, und ihre Stimme brach.

»Was hat er denn?« sagte Wolf.

»Ich weiß nicht«, sagte Lil. »Er weiß nicht mehr, was er sagt und gibt keine Antwort, wenn man mit ihm spricht.«

»Aber er scheint zufrieden zu sein«, sagte Wolf. »Er singt.«

»Man könnte meinen, er sei vergreist«, murmelte Lil.

Der Senator wedelte mit dem Schwanz, und ein Anschein von Verständnis ließ seine Augen für einen flüchtigen Augenblick aufleuchten.

»Richtig!« bemerkte er. »Ich bin vergreist, und ich gedenke es zu bleiben.«

Dann fing er wieder mit seiner entsetzlichen Musik an.

»Alles in Ordnung«, sagte Wolf. »Du weißt, daß er alt ist.«

»Er schien so froh zu sein, daß er ein Ouapiti hat«, gab Lil voller Tränen zur Antwort.

»Ob man froh ist oder vergreist«, sagte Wolf, »das ist doch wirklich das gleiche. Wenn man auf nichts mehr Lust hat, kann man auch genausogut vergreist sein.«

»Oh« sagte Lil. »Mein armer Senator.«
»Wohlgemerkt«, sagte Wolf, »es gibt zwei Arten, auf nichts mehr Lust zu haben: alles haben, was man wollte oder entmutigt sein, weil man es nicht bekommen hat.«
»Aber er wird doch wohl nicht so bleiben!« sagte Lil.
»Das hat er dir doch gesagt«, sagte Wolf. »Das nennt man Glückseligkeit. Bei ihm ist es, weil er es wollte. Ich glaube, daß es in beiden Fällen mit einem Zustand der Unbewußtheit endet.«
»Das bringt mich um«, sagte Lil.
Der Senator unternahm eine leichte Anstrengung.
»Hören Sie«, sagte er, »ich habe jetzt einen letzten Lichtschimmer. Ich bin zufrieden. Verstehen Sie? Ich brauche nicht mehr zu verstehen. Es ist eine völlige Zufriedenheit, also etwas Vegetatives, und dies werden meine Schlußworte sein. Ich nehme wieder Kontakt auf... ich gehe zu den Quellen zurück... sobald ich lebe und nichts mehr begehre, brauche ich nicht intelligent zu sein. Und ich möchte noch hinzufügen, daß ich damit hätte anfangen sollen.«
Er leckte sich leckermäulisch die Nase und brachte einen ungebührlichen Ton hervor.
»Ich funktioniere«, sagte er. »Alles andere ist ein Witz. Und jetzt trete ich wieder ins Glied zurück – ich mag euch beide, ich werde euch vielleicht auch weiterhin noch verstehen, aber ich werde nichts mehr sagen. Ich habe mein Ouapiti. Seht zu, daß ihr das eure findet.«
Lil schneuzte sich und streichelte den Senator, der mit dem Schwanz wedelte, seine Nase auf den Hals des Ouapitis legte und einschlief.
»Und wenn es keine Ouapitis für alle gäbe?« sagte Wolf.
Er half Lil beim Aufstehen.
»Oh«, sagte sie, »ich kann mich nicht daran gewöhnen.«
»Lil«, sagte Wolf. »Ich liebe dich so sehr. Warum macht mich das nicht ebenso glücklich wie den Senator ?«
»Weil ich zu klein bin«, sagte Lil und preßte sich an ihn.

»Oder aber du siehst die Dinge falsch. Du hältst sie für andere.«
Sie verließen die Küche und gingen sich auf ein großes Sofa setzen.
»Ich habe fast alles ausprobiert«, sagte Wolf, »und es gibt nichts, was ich wieder tun möchte.«
»Nicht einmal mich küssen?« sagte Lil.
»Doch«, sagte Wolf und tat es.
»Und deine alte, schreckliche Maschine?« sagte Lil.
»Das macht mir Angst«, murmelte Wolf. »Die Art, wie man dadrin wieder an die Dinge denkt...«
Er bekam in der Nackengegend vor lauter Mißfallen eine Verkrampfung.
»Sie ist gemacht, um zu vergessen, aber zunächst einmal denkt man an alles zurück«, fuhr er fort. »Ohne etwas auszulassen. Mit noch mehr Einzelheiten. Und ohne daß man das empfindet, was man empfand.«
»Ist das so langweilig?« sagte Lil.
»Es ist stinklangweilig, wenn man das mit sich herumschleppt, was man vorher gewesen ist«, sagte Wolf.
»Willst du mich nicht mitnehmen?« sagte Lil und hätschelte ihn.
»Du bist hübsch«, sagte Wolf. »Du bist nett. Ich liebe dich. Und ich bin enttäuscht.«
»Du bist enttäuscht?« wiederholte Lil.
»Es ist einfach unmöglich, daß es nur das ist«, sagte Wolf mit einer unbestimmten Gebärde. »Der Klotz, die Maschine, die Liebesdienerinnen, die Arbeit, die Musik, das Leben, die anderen Leute...«
»Und ich?« sagte Lil.
»Ja«, sagte Wolf. »Da gäbe es zwar dich, aber man kann nicht in der Haut eines andern stecken. Das sind zwei. Du bist vollständig. Du ganz, das ist zuviel; und alles ist wert, aufgehoben zu werden, deshalb mußt du anders sein.«
»Versetz dich doch mit mir in meine Haut«, sagte Lil. »Ich werde glücklich sein, wenn es nur uns beide gibt.«

»Das ist unmöglich«, sagte Wolf. »Man kann sich nicht in die Haut eines andern versetzen, es sei denn, man tötet ihn und zieht ihm die Haut ab, um sie ihm zu nehmen.«
»Zieh mir die Haut ab«, sagte Lil.
»Hinterher«, sagte Wolf, »hätte ich dich nicht mehr; das bin dann immer noch ich in einer anderen Haut.«
»Oh!« sagte Lil ganz traurig.
»So ist es, wenn man enttäuscht ist«, sagte Wolf.
»Und alles kann zur Enttäuschung werden. Das ist unabänderlich, da kannst du Gift drauf nehmen.«
»Hast du überhaupt keine Hoffnung mehr?« sagte Lil.
»Diese Maschine ...«, sagte Wolf. »Ich habe diese Maschine. Im Grunde bin ich gar nicht so lange drin gewesen.«
»Wann wirst du wieder hingehen?« sagte Lil. »Ich habe eine solche Angst vor der Kabine. Und du erzählst mir nichts.«
»Ich mache morgen weiter«, sagte Wolf. »Jetzt muß ich arbeiten gehen. Und dir etwas erzählen, das kann ich nicht.«
»Warum nicht?« fragte Lil.
Wolfs Gesicht wurde verschlossen.
»Weil ich mich an nichts mehr erinnere«, sagte er. »Ich weiß nur, wenn ich einmal dadrin bin, kommen die Erinnerungen wieder; doch die Maschine ist dazu da, sie sofort zu zerstören.«
»Macht dir das keine Angst«, fragte Lil, »alle deine Erinnerungen zu zerstören?«
»Oh«, sagte Wolf ausweichend, »ich habe noch nichts Wichtiges zerstört.«
Er spitzte die Ohren. Die Tür obendrüber, bei Lazuli, war gerade zugeschlagen, und auf der Treppe hörte man ein lautes Geräusch von Schritten. Sie standen auf und schauten aus dem Fenster. Lazuli entfernte sich fast laufend in Richtung auf das Karree. Bevor er dort ankam, warf er sich in das rote Gras und verbarg seinen Kopf in den Händen.
»Geh rauf und sieh nach Folavril«, sagte Wolf. »Was hat er nur? Er ist überarbeitet.«

»Willst du ihn nicht trösten«, sagte Lil.
»Ein Mann tröstet sich ganz allein«, sagte Wolf und ging in sein Büro zurück.
Er log ungezwungen und ehrlich. Ein Mann muß genauso getröstet werden wie eine Frau.

27

Lil war es ein wenig unangenehm, daß sie zu Folavril gehen sollte, um sie aufzumuntern, weil das nicht diskret ist, aber zum andern lief Lazuli für gewöhnlich nicht so weg, und seine Gangart war eher die eines erschreckten Mannes als die eines zornigen Mannes.
Lil trat auf den Treppenabsatz hinaus und stieg die achtzehn Stufen hinauf. Sie klopfte bei Folavril. Folavrils Schritt kam ihr aufmachen und Folavril sagte ihr guten Tag.
»Was ist los?« fragte Lil. »Hat Lazuli Angst oder ist er krank?«
»Ich weiß es nicht«, sagte Folavril, immer sanft und verschlossen. »Er ist plötzlich weggegangen.«
»Ich will nicht indiskret sein«, sagte Lil. »Aber er sah ganz anders aus.«
»Er küßte mich«, erklärte Folavril, »und dann hat er wieder jemand gesehen, und diesmal hat er es nicht mehr ausgehalten. Er ist weggelaufen.«
»Und es war niemand da?« sagte Lil.
»Mir ist das egal«, sagte Folavril. »Aber er hat sicherlich jemand gesehen.«
»Was sollen wir tun?« sagte Lil.
»Ich glaube, daß er sich meiner schämt«, sagte Folavril.
»Nein«, sagte Lil, »er schämt sich sicherlich, daß er verliebt ist.«
»Dabei habe ich nie etwas Schlechtes über seine Mutter gesagt«, protestierte Folavril.
»Ich glaube Ihnen«, sagte Lil. »Aber was sollen wir tun?«
»Ich habe Bedenken, ihn suchen zu gehen«, sagte Folavril.

»Ich habe den Eindruck, daß ich die Ursache seines Martyriums bin; und ich will ihn nicht quälen.«
»Was sollen wir tun ...«, sagte Lil noch einmal. »Wenn Sie wollen, kann ich ihn suchen gehen.«
»Ich weiß nicht« sagte Folavril. »Wenn er bei mir ist, hat er eine solche Lust, mich zu berühren, mich zu küssen, mich zu nehmen, ich spüre es, und ich hätte so gern, daß er es tut; aber dann traut er sich nicht, er hat Angst, daß dieser Mann wieder kommt, dabei macht das gar nichts, mir ist das egal, denn ich sehe ihn ja nicht; aber ihn lähmt das, und jetzt ist es noch schlimmer, jetzt hat er Angst.«
»Ja«, sagte Lil.
»Und bald«, sagte Folavril, »wird es ihn in Wut versetzen, weil er immer größeres Verlangen nach mir hat. Und ich nach ihm.«
»Ihr seid beide zu jung dazu«, sagte Lil.
Folavril begann zu lachen, es war ein hübsches, leichtes und kurzes Lachen.
»Sie sind auch zu jung, für diesen Ton«, bemerkte sie.
Lil lächelte, aber es war kein fröhliches Lächeln. »Ich will mich nicht als Großmutter aufspielen«, sagte sie, »aber ich bin seit einigen Jahren mit Wolf verheiratet.«
»Lazuli ist nicht dasselbe«, sagte Folavril. »Ich will nicht sagen, daß er besser ist; ihn quält etwas anderes als Wolf; aber auch Wolf wird von etwas gequält, sagen Sie nicht das Gegenteil.«
»Ja«, sagte Lil.
Folavril sagte ihr ungefähr das gleiche, was Wolf ihr gerade gesagt hatte, und das schien ihr merkwürdig.
»Alles wäre so einfach«, seufzte sie.
»Ja«, sagte Folavril, »aber es gibt soviele einfache Dinge, es ist die Gesamtheit, die kompliziert wird und die man aus den Augen verliert. Man müßte das alles von ganz oben herab ansehen können.«
»Und dann«, sagte Lil, »ist man entsetzt, wenn man sieht, daß

alles ganz einfach ist, daß aber kein Kraut dagegen gewachsen ist und daß man die Illusion nicht an Ort und Stelle zerstören kann.«
»So ist es wahrscheinlich«, sagte Folavril.
»Was macht man, wenn man erschreckt ist?« sagte Lil.
»Man macht es wie Lazuli«, sagte Folavril. »Man hat Angst und läuft weg.«
»Oder ein anderes Mal wird man wütend«, murmelte Lil.
»Die Gefahr besteht«, sagte Folavril.
Sie schwiegen.
»Aber was könnte man tun, um Sie wieder für etwas zu interessieren?« sagte Lil.
»Ich tue mein bestes«, sagte Folavril. »Sie ebenfalls. Wir sind hübsch, wir versuchen, ihnen ihre Freiheit zu lassen, wir versuchen, so dumm zu sein wie es sich gehört, da eine Frau dumm zu sein hat – das ist Tradition – und das ist genauso schwierig wie irgend etwas anderes, folglich nicht unehrenhaft. Wir lieben sie, wir überlassen ihnen unsere Körper und wir nehmen den ihren; das ist zumindest ehrlich, und sie gehen weg, weil sie Angst haben.«
»Dabei haben sie nicht einmal Angst vor uns«, sagte Lil.
»Das wäre zu schön«, sagte Folavril. »Selbst ihre Angst muß noch von ihnen selber kommen.«
Die Sonne streifte um das Fenster herum und schickte von Zeit zu Zeit einen großen, weißen Lichtstrahl auf den blanken Fußboden.
»Warum haben wir mehr Widerstandskraft?« fragte Lil.
»Weil wir ein Vorurteil gegen uns haben«, sagte Folavril, »und das gibt einer jeden von uns die Kraft eines Ganzen. Und sie glauben, daß wir kompliziert seien wegen diesem Ganzen. Das habe ich ihnen gesagt.«
»Dann sind sie dumm«, sagte Lil.
»Nun verallgemeinern Sie sie nicht ebenfalls«, sagte Folavril. »Das macht sie dann ebenfalls kompliziert. Und keiner von ihnen verdient es, man darf nie denken ›die Männer‹. Man

muß denken ›Lazuli‹ oder ›Wolf‹. Sie denken immer die ›Frauen‹, und genau das ist ihr Untergang.«
»Wo haben Sie denn das her?« fragte Lil erstaunt.
»Ich weiß nicht«, sagte Folavril. »Ich höre ihnen zu. Außerdem ist das, was ich sage, sicherlich dumm.«
»Vielleicht«, sagte Lil, »aber es ist auf jeden Fall klar.«
Sie traten ans Fenster. Dort unten, auf dem scharlachroten Gras, bildete der beige Fleck von Lazulis Körper ein hervortretendes Loch. Einen Buckel, sagen manche. Und Wolf kniete neben ihm, eine Hand auf seiner Schulter. Er beugte sich zu ihm herab, sicherlich sprach er mit ihm.

28

Es war ein anderer Tag. In Lazulis Zimmer, das gut nach nordischem Fichtenholz und Harz roch, träumte Folavril vor sich hin. Lazuli würde gleich zurückkommen.
An der Decke verliefen ziemlich parallel Nuten, die Faser des Holzes, gefleckt von dunklen und glatteren Ästen, vom Metall der Säge poliert.
Der Wind trieb sich draußen im Staub der Landstraße herum und strich um die lebenden Hecken. Er kräuselte das scharlachrote Gras in schlängelnden Wellen, deren Krone von neuen Blümchen schäumte. Lazulis Bett war kühl unter dem Körper Folavrils. Sie hatte die Decke zurückgeschlagen, damit ihr Hals mit dem Linnen des Kopfkissens in Berührung war.
Lazuli würde kommen. Er würde sich neben sie legen und seinen Arm hinter ihr blondes Haar schieben. Lazulis rechte Hand würde die Schulter halten, die sie sanft befühlte.
Er war schüchtern.
Träume liefen vor Folavril dahin; beim Vorüberkommen haftete sie ihre Augen daran fest; da sie faul war, folgte sie ihnen nie bis zum Ende. Wozu sollte sie träumen, da Lazuli kom-

men würde und er kein Traum war. Folavril lebte wirklich. Ihr Blut klopfte, sie spürte es unter ihrem Finger längs der Schläfe, sie schloß und öffnete gern die Hände, um ihre Muskeln zu entspannen. Gerade in diesem Augenblick war sie sich ihres linken Beines nicht mehr bewußt, das eingeschlafen war, und sie zögerte den Augenblick hinaus, in dem sie es bewegte, denn sie kannte das Gefühl, das sie in diesem Augenblick empfinden würde, und es war ein doppeltes Vergnügen, es bereits im voraus zu empfinden.
Die Sonne materialisierte die Luft in Millionen von Luftpunkten, in denen einige geflügelte Tiere tanzten. Manchmal verschwanden sie urplötzlich in einem leeren Schattenstrahl, wie verschluckt, und Folavril verspürte jedesmal ein kleines Stechen in der Herzgegend. Und dann kam sie wieder zu ihrem Traum zurück und schenkte dem Tanz der glänzenden Pailletten keine Aufmerksamkeit mehr. Sie hörte die vertrauten Geräusche des Hauses, der Türen untendrunter, die zugingen, das Wasser, das man laufen ließ, sang in den Leitungen, und durch die geschlossene Tür hindurch hörte man das unregelmäßige Klatschen des Seils, an dem man zog, um die Fensterklappe des widerhallenden Flurs zu öffnen und das jetzt von einem wechselnden Luftzug bewegt wurde.
Im Garten pfiff jemand. Folavril bewegte ihr Bein, und ihr Bein setzte sich Zelle um Zelle neu zusammen; es kam der Augenblick, in dem das Kribbeln der Zellen fast unerträglich wurde. Es war köstlich. Sie streckte sich mit einem leisen Stöhnen der Lust.
Lazuli stieg die Treppe hinauf, ohne sich zu beeilen, und Folavril spürte, wie ihr Herz erwachte. Es schlug nicht schneller – im Gegenteil, es bekam einen beständigen, starken und mächtigen Rhythmus. Sie spürte, wie ihre Wangen rosig wurden und seufzte vor Behagen. Das hieß leben.
Lazuli klopfte an die Tür und trat ein. Er hob sich von der Leerfüllung ab, mit seinen sandbedeckten Haaren, seinen breiten Schultern und seiner schmalen Taille. Er trug seinen

Monteuranzug aus tabakbraunem Tuch und sein Hemd stand offen. Seine Augen waren grau wie das metallische Grau mancher Emaillen, sein Mund war gut gezeichnet, mit einem kleinen Schatten unter der Unterlippe, und die Linien seines muskulösen Halses verliehen dem Kragen seines Hemdes eine romantische Bewegung.

Er hob eine Hand und stützte sich gegen den Türrahmen. Er sah Folavril an, die auf dem Bett lag. Sie lächelte mit halbgeschlossenen Augenlidern. Er sah von ihren Augen nur einen funkelnden Punkt unter den gelockten Wimpern. Sie hatte ihr linkes Bein angewinkelt und ihr leichtes Kleid war etwas hochgeschoben. Verwirrt folgte Lazuli der Linie des andern Beins, von dem kleinen durchbrochenen Schuh bis zu dem Schatten über dem Knie.

»Guten Tag«, sagte Lazuli, ohne einen Schritt zu machen.

»Guten Tag, du«, sagte Folavril.

Er rührte sich nicht. Folavrils Hände wandten sich ihrer gelben Blumenkette zu, die sie langsam aufmachten. Mit ausgestrecktem Arm, ohne Lazuli aus den Augen zu lassen, ließ sie den schweren Faden auf den Fußboden gleiten. Jetzt zog sie einen Schuh aus, ohne Hast, ein wenig um die verchromte Schnalle herumtastend.

Sie hielt ein, und der Absatz schlug leicht auf dem Boden auf, und sie machte die andere Schnalle auf.

Lazuli atmete stärker. Fasziniert folgte er Folavrils Gebärden. Sie hatte saftige Lippen, die scharlachrot waren wie das Dunkel im Innern einer warmen Blume.

Jetzt rollte sie einen Strumpf mit staubfeinen Maschen, der sich zu einer kleinen grauen Flocke verdichtete, bis zum Knöchel herunter. Eine zweite Flocke folgte ihm, und beide kamen zu den Schuhen.

Folavrils Zehennägel waren perlmuttblau lackiert.

Sie trug ein Seidenkleid, das an der Seite von der Achsel bis zur Wade geknöpft war. Sie fing an der Achsel an und machte zwei Knöpfe auf. Dann ging sie zum anderen Ende, löste drei

Laschen - eine oben, eine unten, zwei auf jeder Seite. Es blieb nur noch eine, an der Gürtellinie. Die Stoffbahnen des Kleides fielen auf beiden Seiten ihrer glatten Knie zurück, und an der Stelle ihrer Beine, auf die die Sonne fiel, sah man einen goldenen Flaum zittern.
Ein doppeltes Dreieck aus schwarzer Spitze blieb an der Nachttischlampe hängen, und es blieb nur noch der letzte Knopf aufzumachen, denn das leichte, duftige Kleidungsstück, das Folavril am Ende ihres flachen Bauches noch trug, war integrierender Bestandteil ihrer Person.
Folavrils Lächeln zog plötzlich die ganze Sonne ins Zimmer. Fasziniert trat Lazuli mit hängenden Armen unsicher näher. In diesem Augenblick knöpfte Folavril ihr Kleid ganz auf und blieb wie erschöpft mit ausgestreckten Armen liegen. Während der Zeit, die Lazuli brauchte, um sich auszuziehen, machte sie keine Bewegung, doch ihre harten Brüste, voll entfaltet durch ihre Ruhestellung, richteten unerbittlich ihre rosigen Warzen auf.

29

Er legte sich neben sie und umarmte sie. Folavril drehte sich auf die Seite, gab ihm seine Küsse zurück. Sie streichelte seine Wangen mit ihren feinen Händen, und ihre Lippen folgten Lazulis Wimpern, berührten sie knapp. Lazuli schauderte zusammen und spürte, wie sich eine große Hitze in seinen Lenden festsetzte und die dauerhafte Form der Begierde annahm. Er wollte sich nicht beeilen, er wollte seine Fleischeslust nicht ganz allein dahingehen lassen, und da war noch etwas anderes, eine reale Unruhe, die hinter seiner Stirn bohrte und ihn daran hinderte sich hinzugeben. Er schloß die Augen, das sanfte Gemurmel von Folavrils Stimme wiegte ihn in einen falschen Sinnenschlaf. Er lag ausgestreckt auf der rechten Seite, sie ihm zugewandt. Als er die linke Hand hob, stieß er auf ihren

weißen Oberarm und er folgte ihrem Arm bis zur blonden Achselhöhle, die kaum mit einem winzigen, elastischen Haarbüschel bekleidet war. Als er die Augen öffnete, sah er eine durchsichtige, flüssige Schweißperle an Folavrils Brust herablaufen und er beugte sich herunter, um sie zu schmecken; sie schmeckte nach salzigem Lavendel; er drückte seine Lippen auf die entspannte Haut und Folavril, gekitzelt, preßte lachend ihren Arm an die Seite. Lazuli schob seine rechte Hand unter ihre langen Haare und packte sie beim Hals. Folavrils aufgerichteten Brüste nisteten sich an Lazulis Brust ein, sie lachte nicht mehr, ihr Mund war halb geöffnet, und sie sah noch jünger aus als gewöhnlich, wie ein Baby, das gleich erwacht.
Über Folavrils Schulter stand ein Mann mit traurigem Gesicht, der Lazuli ansah.
Er rührte sich nicht. Seine Hand suchte sachte hinter sich. Das Bett war niedrig, und er konnte seine Hose erreichen, die ganz nahe ans Bett gefallen war. Am Gürtel steckend, fand er den kurzen Dolch, dessen Klinge eine tiefe Rille hatte, sein Dolch aus der Zeit, als er Pfadfinder war.
Er ließ den Mann nicht aus den Augen. Folavril lag unbeweglich, sie seufzte, ihre Zähne glänzten zwischen ihren dargebotenen Lippen. Lazuli machte seinen rechten Arm frei. Der Mann bewegte sich nicht. Er stand nahe am Bett, auf der anderen Seite von Folavril. Langsam, ohne ihn aus den Augen zu verlieren, kniete sich Lazuli hin und nahm das Messer in die richtige Hand. Er schwitzte, kleine Tröpfchen erschienen auf seinen Schläfen und auf seiner Oberlippe. Seine Augen stachen ihn wegen des Schweißes. Mit einer lebhaften Bewegung der linken Hand schnappte er den Mann am Kragen und legte ihn aufs Bett. Er spürte eine grenzenlose Kraft in sich. Der Mann blieb leblos liegen, wie ein Leichnam, und an gewissen Anzeichen spürte Lazuli, daß er sich in der Luft auflösen würde, daß er sich auf der Stelle verflüchtigen würde. Darauf stieß er ihm wild den Dolch ins Herz, über

Folavrils Körper hinweg, die Worte der Beruhigung sprach. Seine Gebärde machte ein dumpfes Geräusch, wie ein Schlag auf eine Sandtonne, und die Klinge drang bis zum Schaft ein, drückte den Stoff in die Wunde. Lazuli zog die Waffe heraus – klebriges Blut gerann schon an der Klinge. Lazuli wischte sie am Revers der Jacke des Mannes ab.

Sein Messer in Reichweite ablegend, stieß er den leblosen Körper bis an den anderen Bettrand. Der Leichnam glitt lautlos auf den Teppich. Lazuli fuhr sich mit dem rechten Vorderarm über seine schweißtriefende Stirn. Er hatte in allen seinen Muskeln eine wilde Kraft, die nahe daran war, überzusprudeln. Er hob seine Hand vor die Augen, um zu sehen, ob sie zitterte. Sie war hart und ruhig wie eine Stahlhand.

Draußen begann der Wind aufzukommen. Staubwirbel stiegen schräg vom Boden auf und liefen über die Gräser. Der Wind klammerte sich an den Balken und an den Kanten des Daches fest, und an jeder Stelle ließ er eine leise gejammerte Klage, eine tönende Laufmasche aufleben. Das Fenster im Flur schlug zu, ohne es vorher anzukünden. Vor Wolfs Büro bewegte sich der Baum und lärmte unaufhörlich.

In Lazulis Zimmer war alles ruhig. Die Sonne drehte sich allmählich und begann, die Farben eines Bildes über der Kommode zu befreien. Ein hübsches Bild, die Schnittzeichnung eines Flugzeugmotors mit dem Grün für das Wasser, dem Rot für das Benzin, dem Gelb für die verbrannten Gase und dem Blau für die Luftzufuhr. An der Verbrennungsstelle ergab die Überlagerung des Rot und des Blau die schöne, purpurrote Farbe roher Leber.

Lazulis Augen ruhten auf Folavril. Sie hatte aufgehört zu lächeln. Sie sah aus wie ein grundlos frustriertes Kind.

Der Grund lag zwischen Bett und Wand und blutete aus einem schwarzen Spalt in Höhe des Herzens dickes Blut. Lazuli, befreit, beugte sich über Folavril. Er drückte einen unmerklichen Kuß seitlich auf ihren Hals, und seine Lippen glitten an ihrer dargebotenen Schulter entlang, erreichten die von den Rippen kaum gewellte Flanke, tauchten in die Mulde der Taille hinab und stiegen dann wieder zur Hüfte hoch. Folavril, die auf der linken Seite lag, ließ sich plötzlich auf den Rücken gleiten, und Lazulis Mund drückte sich in die Leistenbeuge; unter der durchsichtigen Haut bildete eine Ader eine feine blaue, verschwommene Linie. Folavrils Hände packten Lazulis Kopf und führten ihn - aber schon brach Lazuli den Kontakt ab und richtete sich wild wieder auf.

Am Fuße des Bettes, direkt vor ihm, stand ein dunkelgekleideter Mann mit traurigem Gesicht, der sie ansah.

Sich auf den Dolch stürzend, sprang Lazuli auf und schlug zu. Beim ersten Stoß schloß der Mann die Augen. Seine Augenlider fielen deutlich herab wie Metalldeckel. Er blieb stehen; Lazuli mußte ihm ein zweites Mal seine Klinge zwischen die Rippen stecken, damit der Körper schwankte und am Fuße des Bettes wie ein gerissenes Tau niederfiel.

Seinen Dolch in der Hand, nackt, betrachtete Lazuli den unheimlichen Leichnam mit einer Grimasse des Hasses und der Wut. Er wagte es nicht, ihm einen Fußtritt zu geben.

Folavril, auf dem Bett sitzend, sah Saphir beunruhigt an. Ihre nach einer Seite zurückgeworfenen blonden Haare verbargen zur Hälfte ihr Gesicht, und sie neigte ihren Kopf auf die andere Seite, um besser zu sehen.

»Komm«, sagte sie zu Lazuli und hielt ihm eine Hand hin, »komm, laß das, du wirst dir wehtun.«

»Das sind schon mal zwei weniger«, sagte Lazuli.

Er hatte die ausdruckslose Stimme, wie man sie in einem Traum hat.

»Beruhige dich«, sagte Folavril. »Es ist nichts. Glaub mir. Es ist nichts mehr. Entspann dich. Komm zu mir.«

Lazuli senkte mit mutlosem Gesicht die Stirn. Er kam und setzte sich neben Folavril.

»Schließ die Augen«, sagte sie. »Schließ die Augen und denke

an mich... und nimm mich jetzt, nimm mich, bitte, ich habe ein zu großes Verlangen nach dir. Saphir, mein Lieber.«
Lazuli hatte noch seinen Dolch in der Hand. Er legte ihn hinter das Kopfkissen und Folavril umkippend, ließ er sich neben sie gleiten. Sie klammerte sich an ihn wie eine blonde Pflanze und murmelte Worte, um ihn zu beruhigen.
Im Zimmer war nur noch das Geräusch ihres vermischten Atems und die Klage des Windes, der draußen heulte und die Bäume mit heftigen, kurzen Schlägen ohrfeigte. Jetzt bedeckte sich die Sonne zeitweise mit schnellen Wolken, die wie Streikende von der Polizei gegeneinander gejagt wurden.
Eng umschlangen Lazulis Arme den nervigen Oberkörper Folavrils. Als er die Augen aufmachte, sah er, an sein Fleisch gedrückt, Folavrils von ihrer Umarmung angeschwollene Brüste und die Schattenlinie, die sie zwischen sich bildeten, eine runde, etwas feuchte Linie.
Ein anderer Schatten ließ ihn zusammenzucken. Die Sonne, die plötzlich wieder zurückgekommen war, schnitt am Fenster schwarz die Silhouette eines dunkelgekleideten Mannes mit traurigem Gesicht aus, der ihn ansah.
Lazuli wimmerte leise und drückte das goldene Mädchen noch fester. Er wollte wieder die Augen schließen, aber sie weigerten sich, ihm zu gehorchen. Der Mann rührte sich nicht. Gleichgültig, kaum tadelnd, wartete er.
Lazuli ließ Folavril los. Er tastete hinter das Kopfkissen und fand wieder sein Messer. Sorgfältig zielte er und warf es. Die Waffe drang mit einem Wurf in den fahlen Hals des Mannes. Der Griff sah hervor und Blut begann zu fließen. Unerschütterlich blieb der Mann dort stehen. Als das Blut den Fußboden erreichte, wankte er und fiel mit einem Schlag. In dem Augenblick, in dem er mit dem Boden Berührung aufnahm, stöhnte der Wind stärker und überdeckte das Geräusch des Falles, doch Lazuli spürte die Vibration des Fußbodens. Er riß sich aus den Armen Folavrils, die ihn zurückhalten

wollte, und taumelnd ging er auf den Mann zu. Mit einer brutalen Bewegung zog er das Messer aus der Wunde.
Als er sich zähneknirschend umdrehte, sah er zu seiner linken einen düsteren Mann, der mit den drei andern identisch war. Mit erhobenem Dolch stürzte er sich auf ihn. Diesmal traf er ihn von oben herab und bohrte ihm die Klinge zwischen die beiden Schultern. Und in diesem Augenblick tauchte ein Mann zu seiner Rechten auf, dann ein anderer vor ihm.
Folavril, die mit schreckgeweiteten Augen auf dem Bett saß, hielt sich den Mund zu, um ruhig zu bleiben. Als sie sah, wie Lazuli seine Waffe gegen sich richtete und sich im Herzen herumbohrte, begann sie zu schreien. Saphir fiel auf die Knie. Er machte eine Anstrengung, um den Kopf zu heben, und seine Hand, rot bis zum Handgelenk, drückte ihren Stempel auf den bloßen Fußboden. Er grunzte wie ein Tier, und sein Atem machte ein Geräusch wie Wasser. Er wollte etwas sagen und begann zu husten. Blut spritzte bei jedem Hustenanfall in tausenden scharlachroten Punkten auf den Boden. Er gab so etwas wie ein Schluchzen von sich, das seinen Mundwinkel nach unten zog, und sein Arm gab nach. Er brach zusammen. Der Griff des Messers stieß von vorn gegen den Boden, und die blaue Klinge ragte aus seinem nackten Rücken, wobei sie die Haut zuerst hochgehoben hatte, bevor sie sie durchstach. Er rührte sich nicht mehr.
Darauf waren auf einen Schlag alle Leichen für Folavril sichtbar. Der erste lag ausgestreckt auf dem Bettvorleger, es gab den, der am Fuß des Bettes schlief, den vom Fenster mit seiner entsetzlichen Wunde am Hals… und jedesmal las sie die gleiche Wunde auf dem Körper Lazulis. Er hatte den letzten Mann mit einem Messerstich ins Auge getötet, und als sie sich auf ihren Freund stürzte, um ihn wiederzubeleben, sah sie, daß sein rechtes Auge nur noch eine schwarze Kloake war.
Draußen entstand nun eine große, unbestimmte Unruhe unter dem fahlen Licht, wie es vor dem Gewitter herrscht.

Folavril schwieg. Ihr Mund zitterte, als ob ihr kalt sei. Sie stand auf, zog sich mechanisch wieder an. Sie ließ die Leichen im Zimmer, die alle gleich waren, nicht aus den Augen. Sie schaute genauer hin.
Einer der dunklen Männer lag auf dem Bauch, etwa in der gleichen Stellung wie Lazuli, und ihre beiden Profile schienen sich merkwürdig ähnlich zu sein. Die gleiche Stirn, die gleiche Nase. Der Hut des Mannes war auf den Boden gerollt und entblößte dabei das gleiche Haar. Folavril spürte, wie ihr Geist dahinschwand. Sie weinte lautlos aus allen Augen, und sie wagte sich nicht mehr zu rühren. Alle Männer waren mit Lazuli identisch. Und dann erschien der Leichnam des ersten Toten nicht mehr so deutlich. Die Konturen verschwammen in einem dunklen Nebel. Die Metamorphose vollzog sich schneller. Vor ihr begann der Leichnam sich aufzulösen. Die schwarzen Kleider fransten in Schattenstreifen aus. Bevor er verschwand, hatte sie die Zeit gehabt zu sehen, daß der Leichnam des Mannes der gleiche war wie der Lazulis, doch er schmolz dahin, und der graue Rauch zog dicht über den Fußboden, zog durch die Spalten des Fensters. Schon hatte die Veränderung des zweiten Leichnams begonnen. Folavril, von der Furcht niedergeschmettert, wartete ohne eine Handbewegung. Sie wagte es, Lazuli anzuschauen. Auf seiner verbrannten Haut verschwanden die Wunden eine um die andere in dem Maße, in dem sich die Männer, einer um den anderen, in Nebel verwandelten.
Als nur noch Folavril und Lazuli im Zimmer waren, war Lazulis Körper wieder jung und schön geworden im Tod, wie er zu seinen Lebzeiten gewesen war. Sein Gesicht war entspannt, unversehrt. Das rechte Auge funkelte matt unter den langen, geschlossenen Augenwimpern. Nur ein kleines, blaues Stahldreieck markierte den mächtigen Rücken mit einem ungewöhnlichen Fleck.
Folavril machte einen Schritt zur Tür hin. Nichts rührte sich. Eine letzte Spur des grauen Dampfes schob sich langsam,

einschmeichelnd, auf die Fensterbank. Darauf lief sie zur Tür, machte sie auf und schloß sie wieder im Handumdrehen und stürzte sich in den Flur, der Treppe entgegen. In diesem Augenblick begann draußen der Wind zu toben mit einem furchtbaren Donnerschlag und schwerem, heftigem Regen, der gegen die Ziegel schlug. Es gab einen grellen Blitz, von neuem ein Donnerschlag, Folavril lief die Treppe hinunter, sie erreichte Lils Zimmer und trat ein. Dort schloß sie die Augen. Es hatte gerade einen Lichtschein gegeben, der heller und stärker war als alle andern, worauf unmittelbar der Knall eines fast unerträglichen Lärms folgte. Das Haus zitterte in seinen Grundfesten, als ob eine ungeheure Faust gerade auf das Dach niedergegangen wäre. Und plötzlich herrschte totale Stille, doch ihre Ohren dröhnten, wie wenn man in ein allzu tiefes Wasser getaucht ist.

30

Jetzt ruhte Folavril auf dem Bett ihrer Freundin. Lil saß neben ihr und sah sie mit zärtlichem Mitleid an. Folavril weinte noch ein wenig, schnüffelte dabei dicke, bedrückende Seufzer und hielt die Hand Lils.

»Was hat es gegeben?« sagte Lil. »Es ist nur ein Gewitter, Folle, Sie dürfen das nicht tragisch nehmen.«

»Lazuli ist tot«, sagte Folavril.

Und ihre Tränen versiegten. Sie setzte sich auf das Bett. Sie hatte einen verschwommenen Blick, sah aus, als verstünde sie nicht.

»Aber, aber«, sagte Lil. »Das gibts doch nicht.«

Sie verspürte eine allgemeine Verlangsamung aller ihrer Reflexe. Lazuli war nicht tot, Folavril mußte sich irren.

»Er ist tot«, sagte Folavril. »Dort oben liegt er auf dem Boden, nackt, mit einer Messerklinge, die ihm aus dem Rücken ragt. Und alle andern sind weg.«

»Welche andern?« sagte Lil.

Ob Folavril wohl phantasierte? Ihre Hand war gar nicht so warm.
»Die schwarzgekleideten Männer«, sagte Folavril. »Er hat versucht, sie zu töten, alle, und als er gesehen hat, daß er das nicht konnte, hat er sich selber umgebracht. Und in diesem Augenblick habe ich sie gesehen. Und ich habe immer geglaubt, mein Lazuli sei verrückt… aber ich habe sie gesehen, Lil, ich habe sie gesehen, als er zu Boden stürzte.«
»Wie sahen sie denn aus?« fragte Lil.
Sie wagte es nicht, von Lazuli zu sprechen. Lazuli war noch dort oben, mit dieser Messerklinge. Tot. Sie stand auf, ohne ihre Antwort abzuwarten.
»Wir müssen hingehen…«, sagte sie.
»Ich traue mich nicht…«, sagte Folavril. »Sie haben sich aufgelöst… wie Rauch, und sie sahen alle aus wie Lazuli. Sie waren alle gleich.«
Lil zuckte mit den Achseln.
»Das sind doch Kindereien«, sagte sie. »Was ist denn vorgefallen? Sie haben nichts von ihm wissen wollen, und darauf hat er sich umgebracht… War es so?«
Folavril sah sie betroffen an.
»Oh Lil!« sagte sie und begann wieder zu weinen.
Lil stand auf.
»Wir können ihn nicht allein dort oben liegen lassen«, murmelte sie. »Wir müssen ihn herunterbringen.«
Folavril stand nun ebenfalls auf.
»Ich komme mit Ihnen.«
Lil war benommen und unsicher.
»Lazuli ist nicht tot«, murmelte sie, »Man stirbt nicht einfach so.«
»Er hat sich umgebracht…«, sagte Folavril. »Und ich mochte es so sehr, wenn er mich küßte.«
»Armes Kind«, sagte Lil.
»Sie sind zu kompliziert«, sagte Folavril. »Oh, Lil, ich möchte so sehr, daß es nicht passiert wäre, daß noch gestern ist…

oder kurz vorher, als er mich in seinen Armen... Oh... Lil...«
Und sie folgte Lil, die die Tür aufmachte und hinausging. Sie lauschte und ging dann selbstsicher die Treppe hinauf. Oben war links Folavrils Zimmer und rechts Lazulis Zimmer. Da war Folavrils Zimmer... Dort, links... und da war...
»Folavril«, sagte Lil, »was ist passiert?«
»Ich weiß es nicht«, sagte Folavril und klammerte sich an sie. An der Stelle, an der sich Lazulis Zimmer befunden hatte, war nichts mehr übriggeblieben als das Dach des Hauses, das jetzt über den Flur hinweggezogen war, der einer Loggia glich.
»Lazulis Zimmer?« fragte Lil.
»Ich weiß nicht«, sagte Folavril, »ich weiß nicht. Ich will weggehen. Lil, ich habe Angst.«
Lil machte die Tür zu Folavrils Wohnung auf. Nichts hatte sich geändert; der Frisiertisch, das Bett, der Wandschrank. Ordnung und das leichte Jasminparfüm. Sie gingen wieder hinaus. Vom Flur aus sah man jetzt die Ziegel von der Hälfte des Daches, einer davon war ein wenig kaputt und zwar in der sechsten Reihe.
»Es ist der Blitzschlag...«, sagte Lil. »Es ist der Blitzschlag, der Lazuli und sein Zimmer verflüchtigt hat.«
»Nein«, sagte Folavril.
Jetzt waren ihre Augen trocken. Sie straffte sich.
»Das ist schon immer so gewesen...«, zwang sie sich zu sagen. »Es hat kein Zimmer gegeben, und Lazuli existiert nicht. Und ich liebe niemanden. Und ich will fortgehen. Lil, Sie müssen mit mir kommen.«
»Lazuli...«, murmelte Lil verdutzt.
Wie betäubt ging sie wieder die Treppe hinunter. Als sie die Tür zu ihrem Zimmer aufmachte, wagte sie kaum den Türknauf zu berühren, aus Angst, alles könne sich in einen Schatten verwandeln. Als sie vor dem Fenster vorbeiging, zitterte sie.
»Dieses rote Gras«, sagte sie, »ist unheilvoll.«

31 Als er am Wasser angekommen war, atmete Wolf tief die salzige Luft ein und streckte sich. So weit das Auge reichte, dehnte sich, beweglich, ruhig, der Ozean und der flache Sand aus. Wolf zog sich fertig aus und stieg ins Meer. Es war warm und erquickend, und unter seinen bloßen Füßen war es wie ein graubeiger Velours. Er stieg hinein. Das Ufer senkte sich unmerklich in einem Flachhang ab, und er mußte lange gehen, bis ihm das Wasser bis an die Schultern reichte. Es war sauber und durchsichtig; er sah seine weißen Füße größer als sie in Wirklichkeit waren und die kleinen Sandwolken, die von seinen Schritten aufgewirbelt wurden. Und dann begann er zu schwimmen, mit halb geöffnetem Mund, um das brennende Salz zu schmecken, und von Zeit zu Zeit tauchte er, um sich ganz im Wasser zu fühlen. Er tollte lange herum und schwamm dann zum Ufer zurück. Jetzt waren neben seinen Kleidern zwei schwarze Formen, die unbeweglich auf zwei schmächtigen Klappstühlen mit gelben Beinen saßen. Weil sie ihm den Rücken zukehrten, schämte er sich nicht, nackt aus dem Wasser zu steigen und näherte sich ihnen, um sich anzuziehen. Als er korrekt war, drehten sich die beiden alten Damen, wie von einem geheimen Instinkt benachrichtigt, um. Sie trugen unförmige schwarze Strohhüte und verwaschene Umschlagtücher, wie die alten Damen am Meeresstrand sie haben. Jede von ihnen hatte eine Handarbeitstasche in Kreuzstichstickerei dabei mit einem Verschluß aus heller Schildpattimitation. Die Älteste trug weiße Wollstrümpfe in ausgetretenen Opanken nach Art Charles IX aus schmutziggrauem Leder. Die andere hatte alte Strandschuhe an den Füßen, und unter ihren schwarzen Zwirnstrümpfen sah man die Spur von Krampfaderbandagen. Wolf bemerkte zwischen ihnen ein kleines beschriftetes Kupferschild. Die mit den flachen Schuhen hieß Mademoiselle Héloise und die andere Mademoiselle Aglaé. Sie hatten Kneifer aus blauem Stahl.
»Sie sind Monsieur Wolf?« sagte Mademoiselle Héloise.

»Wir sind damit beauftragt, Sie zu verhören.«
»Ja«, pflichtete Mademoiselle Aglaé bei, »Sie zu verhören«
Wolf machte eine große Gedächtnisanstrengung, um sich an den Plan zu erinnern, der ihm ein wenig aus dem Sinn gekommen war, und er erschauderte vor Entsetzen.
»Mich... mich über die Liebe zu verhören?«
»Ganz richtig«, sagte Mademoiselle Héloise, »wir sind Spezialistinnen.«
»Spezialistinnen«, schloß Mademoiselle Aglaé.
Sie bemerkte rechtzeitig, daß man etwas zuviel von ihren Knöcheln sah und zog züchtig an ihrem Kleid.
»Ich kann Ihnen nichts sagen ...«, murmelte Wolf ..., »ich werde es nie wagen...«
»Oh«, sagte Héloise, »wir können alles verstehen.«
»Alles!« versicherte Aglaé.
Wolf betrachtete den Sand, das Meer und die Sonne.
»Wir werden doch nicht an diesem Strand darüber reden«, sagte er.
Dabei hatte er gerade an einem Strand eine seiner ersten Verwunderungen erlebt. Er ging mit seinem Onkel an den Kabinen vorbei, und eine junge Frau war herausgekommen. Wolf fand es nicht normal, eine Frau von mindestens fünfundzwanzig Jahren anzusehen, aber sein Onkel hatte sich wohlgefällig umgedreht und dabei eine Bemerkung über die Schönheit der Beine der Person gemacht.
»Woran siehst du das?« fragte Wolf.
»Das sieht man«, sagte der Onkel.
»Ich bin nicht in der Lage, das festzustellen«, sagte Wolf.
»Du wirst schon sehen«, sagte der Onkel, »später wirst du es auch können.«
Es war beunruhigend. Vielleicht könnte man eines Tages beim Wachwerden sagen: diese hat schöne Beine und diese nicht. Und was empfand man, wenn man von der Kategorie derer, die es nicht wissen, zur Kategorie derer gelangt, die es wissen?

»Also?« sagte die Stimme von Mademoiselle Aglaé und brachte ihn zur Gegenwart zurück, »Sie haben immer die kleinen Mädchen gemocht, als Sie selber ihr Alter hatten.«
»Sie verwirrten mich«, sagte Wolf. »Ich mochte es gern, wenn ich ihre Haare und ihren Hals berühren konnte. Weiter zu gehen, traute ich mich nicht. Alle meine Freunde haben mir versichert, daß sie mit zehn bis zwölf Jahren gewußt hätten, was ein Mädchen ist; ich muß wohl ganz besonders zurückgeblieben gewesen sein, oder aber es hat mir an Gelegenheiten gefehlt. Ich glaube jedoch, selbst wenn ich Verlangen danach gehabt hätte, würde ich mich freiwillig enthalten haben.«
»Und warum?« fragte Mademoiselle Héloise.
Wolf überlegte ein wenig.
»Hören Sie«, sagte er, »ich habe Angst, daß ich mich verzettele und abschweife bei all dem. Wenn Sie wollen, werde ich einige Augenblicke darüber nachdenken.«
Sie warteten geduldig. Mademoiselle Héloise zog aus ihrer Tasche eine Dose mit grünen Pastillen, von denen sie Aglaé eine anbot. Wolf lehnte ab.
»Also folgendermaßen«, sagte Wolf, »haben sich im großen und ganzen meine Beziehungen zu ihnen bis zu dem Zeitpunkt entwickelt, an dem ich geheiratet habe. Am Anfang hatte ich sicherlich immer ... den Wunsch gehabt, ich erinnere mich nicht, wann ich das erste Mal verliebt war ... das muß schon sehr weit zurückliegen ... ich war fünf oder sechs Jahre alt, und ich erinnere mich nicht mehr, wer es war ... eine Dame im Abendkleid, die ich auf einem Empfang bei meinen Eltern flüchtig gesehen hatte.«
Er lachte.
»Ich habe mich an diesem Abend nicht erklärt«, sagte er. »So wenig wie die andern Male. Und dabei habe ich sie viele andere Male begehrt ... ich war schwierig, glaube ich, aber gewisse Einzelheiten faszinierten mich. Die Stimme, die Haut, die Haare ... Das ist etwas sehr Hübsches, eine Frau.«

Mademoiselle Héloise hüstelte und Mademoiselle Aglaé machte ebenfalls ein bescheidenes Gesicht.
»Die Brüste berührten mich ebenfalls ganz enorm«, sagte Wolf. »Ansonsten erfolgte mein... sagen wir sexuelles Erwachen erst so mit vierzehn oder fünfzehn Jahren. Trotz der derben Gespräche mit den Schulkameraden vom Gymnasium blieben meine Kenntnisse sehr verschwommen... ich... wissen Sie, es ist mir unangenehm, Mesdemoiselles...«
Héloise machte eine beruhigende Handbewegung.
»Wir können wirklich alles verstehen«, sagte sie, »ich sage es Ihnen noch einmal.«
»Wir sind Krankenschwestern gewesen ...«, fügte Aglaé hinzu.
»Dann fahre ich fort«, sagte Wolf. »Ich hatte vor allem Lust darauf, mich an ihnen zu reiben, ihre Brust und ihren Hintern zu berühren. Nicht so sehr ihr Geschlecht. Ich habe von sehr dicken Frauen geträumt, auf denen ich mich wie auf einem Federbett gefühlt hätte. Ich habe von sehr festen Frauen geträumt, von Negerinnen. Oh, ich nehme an, daß es allen Jungens einmal so ergangen ist. Aber der Kuß spielte bei meinen eingebildeten Orgien eine viel wichtigere Rolle als der eigentliche Akt... ich möchte noch hinzufügen, daß ich für den Kuß ein sehr weites Betätigungsfeld ins Auge faßte.«
»Gut, gut«, sagte Aglaé schnell, »diesen Punkt können wir also abhaken, Sie liebten die Frauen. Und wie hat sich das geäußert?«
»Nicht so schnell, nicht so schnell«, protestierte Wolf. »Um mich zu bremsen... wie viele Dinge gab es da...«
»Wirklich so viele Dinge?« sagte Héloise.
»Es ist irre«, seufzte Wolf. »Und wieviele dumme Dinge... wahre Dinge... und Vorwände. Vor allem die. Mein Studium zum Beispiel... ich sagte mir, daß es wichtiger sei.«
»Glauben Sie das immer noch?« sagte Aglaé.
»Nein«, gab Wolf zur Antwort, »aber ich mache mir keine Illusionen. Wenn ich mein Studium vernachlässigt hätte,

würde ich das heute genauso bedauern, wie ich es jetzt bedauere, daß ich ihm zu viel von meiner Zeit geopfert habe. Dazu kommt der Stolz.«

»Der Stolz?« fragte Héloise.

»Wenn ich eine Frau sehe, die mir gefällt«, sagte Wolf »kommt es mir nie in den Sinn, es ihr zu sagen. Denn ich finde, daß, wenn ich Verlangen nach ihr habe, ein anderer sicherlich schon vor mir Verlangen nach ihr gehabt hat... und ich habe einen Horror davor, den Platz von jemandem einzunehmen, der zweifellos ebenso liebenswürdig ist wie ich.«

»Wo sehen Sie darin Stolz?« sagte Aglaé. »Mein lieber junger Mann, das ist nur Bescheidenheit.«

»Ich verstehe, was er sagen will«, erklärte Héloise. »Was für eine Vorstellung auch, sich zu sagen, daß, wenn Sie sie gut finden, die andern sie ebenfalls gut finden... das bedeutet doch, Ihr Urteil zum allgemeinen Gesetz erheben und Ihrem Geschmack ein Vollkommenheitszeugnis ausstellen.«

»Ich sagte mir also«, räumte Wolf ein, »und ich dachte es trotz allem, daß mein Urteil ebenso gut war wie das eines anderen.«

»Sie gefielen sich darin«, sagte Héloise.

»Genau das habe ich Ihnen gesagt«, gab Wolf zur Antwort.

»Und was für ein wunderliches Verfahren«, fuhr Héloise fort. »War es denn nicht einfacher, wenn eine Frau Ihnen gefiel, es ihr frei heraus zu sagen?«

»Hier rühren wir an den dritten meiner Vorwand-Gründe zur Zurückhaltung«, sagte Wolf. »Wenn ich eine Frau kennenlerne, die mich reizt, führt mich mein erster Reflex tatsächlich dazu, offen mit ihr zu sprechen. Aber nehmen Sie einmal an, ich sage zu ihr: »Wollen Sie mit mir schlafen?« Wie oft wird sie wohl mit der gleichen Offenheit antworten? Wäre ihre Antwort ›Ich auch‹ oder ›Ich nicht‹, wäre alles so einfach – aber sie antworten mit einer Ausflucht... einer Dummheit... oder sie spielen die Prüden... oder sie lachen...«

»Wenn eine Frau einen Mann das gleiche fragt«, protestierte Aglaé, »ist das anständiger?«

»Ein Mann akzeptiert immer«, sagte Wolf.
»Gut«, sagte Héloise, »aber verwechseln Sie Offenheit nicht mit Brutalität... Ihre Art sich auszudrücken ist ein wenig... burschikos, bei Ihrem Beispiel.«
»Ich darf Ihnen versichern«, sagte Wolf, »daß auf die gleiche Frage, ausgedrückt mit der gleichen Klarheit, jedoch in höflichere Formen gekleidet, die Sie dabei zu vermissen scheinen, die Antwort nie deutlich ist.«
»Man muß galant sein...«, zierte sich Aglaé.
»Hören Sie«, sagte Wolf, »ich habe nie eine Unbekannte angesprochen – ob sie nun Verlangen danach hatte oder nicht –, weil ich finde, daß sie genauso das Recht hat zu wählen, zum einen, und weil ich immer einen Horror davor habe, einer Person nach dem bewährten Verfahren den Hof zu machen, das darin besteht, daß man ihr vom Mondschein erzählt, vom Geheimnis ihres Blickes und von der Tiefe ihres Lächelns. Was wollen Sie da machen, ich dachte an ihre Brüste, an ihre Haut – oder ich fragte mich, ob sie ausgezogen eine echte Blonde wäre. Was das Galantsein angeht... wenn man von der Gleichheit zwischen Mann und Frau ausgeht, genügt die Höflichkeit, und es gibt keinen Grund, zu einer Frau höflicher zu sein als zu einem Mann. Nein, sie sind nicht offen.«
»Wie könnten sie auch so direkt sein in einer Gesellschaft, die sie schikaniert?« sagte Héloise.
»Sie sind unvernünftig«, überbot Aglaé. »Sie wollen sie so behandeln, wie sie behandelt werden sollten, wenn sie nicht durch Jahrhunderte der Sklaverei konditioniert wären.«
»Möglich, daß sie genauso sind wie die Männer«, sagte Wolf, »und das glaubte ich auch, wenn ich wünschte, daß sie genauso wählen sollen wie ich, aber leider sind sie an andere Methoden gewöhnt, und von dieser Sklaverei werden sie sich nie freimachen, wenn sie nicht damit anfangen, sich anders zu verhalten.«
»Wer mit etwas anderem anfängt, hat immer große Mühe«, sagte Aglaé schulmeisterlich, »Sie haben es ja selbst erlebt, als

sie versuchten, sie so zu behandeln wie Sie es taten – und Sie hatten recht.«
»Ja«, sagte Wolf, »aber die Propheten haben immer unrecht, daß sie recht haben: daß man sie in Stücke schlägt, ist der Beweis dafür.«
»Geben Sie zu«, sagte Héloise, »daß alle Frauen trotz einer vielleicht realen aber entschuldbaren, ich sage das noch einmal, Verstellung offen genug sind, Ihnen zu verstehen zu geben, daß Sie ihnen gefallen, wenn das der Fall ist…«
»Und wie das ?« sagte Wolf.
»Durch ihre Blicke«, sagte Héloise schmachtend.
Wolf lachte höhnisch auf.
»Entschuldigen Sie bitte«, gab er zur Antwort, »aber ich habe in meinem ganzen Leben nicht das geringste in einem Blick lesen können.«
Aglaé sah ihn streng an.
»Sagen Sie lieber, daß Sie es nicht gewagt haben«, gab sie verächtlich zur Antwort. »Oder daß Sie Angst gehabt haben.«
Verwirrt sah Wolf sie an. Das alte Mädchen kam ihm plötzlich etwas beunruhigend vor.
»Natürlich«, sagte er mit Nachdruck. »Darauf wollte ich gleich kommen.«
Er seufzte.
»Wieder etwas, das ich meinen Eltern verdanke«, sagte er, »die Angst vor den Krankheiten. Ja, meine Angst, mir etwas aufzugabeln, ließ sich nur noch mit meinem Verlangen vergleichen, mit allen Mädchen zu schlafen, die mir gefielen. Gewiß, ich schläferte mich ein mit diesen Vorwand-Gründen, von denen ich Ihnen vorhin erzählt habe: meinem Wunsch, meine Arbeit nicht zu vernachlässigen, meiner Furcht, mich aufzudrängen, meinem Widerwillen, nach verächtlichen Methoden Frauen den Hof zu machen, die ich gern offen und ehrlich behandelt hätte – aber der wahre Grund all dessen war eine tiefe Angst als Folge der Legenden, mit denen ich unter dem Deckmantel liberaler Gesinnung

eingelullt worden war und die mir seit meinen Jugendjahren klarmachten, was ich alles riskierte.«

»Daraus folgt?« sagte Héloise.

»Daraus folgt, daß ich trotz meiner Begierden keusch blieb«, sagte Wolf, »und daß mein schwacher Körper im Grunde, wie damals mit sieben, froh war über die Verbote, mit denen er sich abfand und gegen die mein Geist zu kämpfen sich den Anschein gab.«

»Sie sind in allem der gleiche gewesen...«, sagte Aglaé.

»Im Kern«, sagte Wolf, »sind sich die physischen Körper ziemlich gleich, mit gleichen Reflexen und Bedürfnissen – hinzu kommt eine Summe von Begriffen, die vom Milieu herrühren, und die mehr oder weniger mit den betreffenden Reflexen und Bedürfnissen übereinstimmen. Gewiß kann man versuchen, die erworbenen Begriffe zu modifizieren. Manchmal gelingt es einem, aber es gibt ein Alter, in dem auch das moralische Skelett aufhört, biegsam zu sein.«

»Schön«, sagte Héloise, »Sie werden seriös. Erzählen Sie uns von Ihrer ersten Leidenschaft...«

»Was Sie da von mir verlangen, ist dumm«, bemerkte Wolf. »Sie werden verstehen, daß ich unter diesen Umständen keine Leidenschaft empfinden konnte. Durch das Spiel meiner Verbote und meiner falschen Vorstellungen wurde ich zunächst einmal dazu gebracht, mir meine Flirts mehr oder weniger bewußt in einem »angemessenen« Milieu auszusuchen – dessen Erziehungsbedingungen mehr oder weniger den meinen entsprachen –, so daß ich fast mit Sicherheit an ein gesundes, vielleicht jungfräuliches Mädchen geriet, von dem ich mir sagen konnte, daß es im Falle einer Dummheit heiratsfähig war... immer noch dieses von meinen Eltern eingetrichterte Sicherheitsbedürfnis: ein Pullover mehr kann nicht schaden. Sehen Sie, damit es zu einer Leidenschaft kommt, das heißt zu einer explosiven Reaktion, muß die Vereinigung brutal sein, muß einer der Körper sehr begierig sein auf das, was ihm fehlt und das der andere in sehr großer Menge besitzt.«

»Mein lieber junger Mann«, sagte Aglaé lächelnd, »ich bin Chemielehrerin gewesen, und ich möchte Sie darauf hinweisen, daß es Kettenreaktionen geben kann, die ganz sanft beginnen, die sich selbst versorgen und sehr heftig enden können.«

»Meine Grundsätze bildeten eine solide Einheit von Antikatalysatoren«, sagte Wolf nun ebenfalls lächelnd. »Auch in diesem Falle keine Kettenreaktion.«

»Also keine Leidenschaft?« sagte Héloise, sichtlich enttäuscht.

»Ich habe Frauen kennengelernt«, sagte Wolf, »für die ich Leidenschaft hätte empfinden können; vor meiner Heirat hat der Angstreflex eine Rolle gespielt. Danach war es reine Schlappheit ... ich hatte einen Grund mehr ... die Furcht, Kummer zu bereiten. Das ist schön, nicht? Das hieß Opfer bringen. Aber wem? Für wen? Wer hatte den Nutzen davon? Niemand. In Wirklichkeit war es kein Opfer, sondern eine bequeme Lösung.«

»Das stimmt«, sagte Aglaé. »Ihre Frau. Erzählen Sie.«

»Oh, oh, hören Sie mal«, sagte Wolf, »nachdem, was ich Ihnen alles erzählt habe, ist es doch leicht, die Bedingungen meiner Ehe und ihre Merkmale zu erfassen ...«

»Es ist leicht«, sagte Aglaé, »aber wir möchten, daß Sie es selber tun. Wir sind Ihretwegen hier.«

»Gut«, sagte Wolf. »Also. Die Gründe? Ich habe geheiratet, weil ich physisch eine Frau brauchte; weil mein Widerwille zu lügen und den Hof zu machen, mich dazu zwang, ziemlich jung zu heiraten, um physisch zu gefallen, weil ich eine gefunden hatte, von der ich meinte, daß ich sie liebe und deren Milieu, Meinungen und Merkmale angemessen waren. Ich habe geheiratet, fast ohne die Frauen zu kennen – das Ergebnis von allem? Keine Leidenschaft, die langsame Initiation einer allzu jungfräulichen Frau, der Überdruß meinerseits ...

in dem Augenblick, in dem sie anfing, sich dafür zu interessieren, war ich viel zu müde und erschöpft, um sie glücklich zu machen; zu müde, weil ich auf die heftigen Erregungen gewartet hatte, die ich mir entgegen aller Logik erhoffte. Sie war hübsch, ich mochte sie gern, ich wollte ihr Bestes. Das genügt nicht. Und jetzt werde ich nichts mehr sagen.«

»Oh!« protestierte Héloise. »Es ist so hübsch, von Liebe zu reden.«

»Ja, vielleicht«, sagte Wolf. »Sie sind jedenfalls sehr nett, aber wenn ich mir's recht überlege, finde ich es schockierend, alle diese Dinge Fräuleins zu erzählen. Ich gehe schwimmen. Nehmen Sie meine Huldigung entgegen.«

Er drehte sich um und ging zurück zum Meer. Er tauchte tief der hohen See entgegen, wobei er in dem vom Sand getrübten Wasser die Augen öffnete.

Als er wieder zu sich kam, war er allein mitten im roten Gras des Karrees. Hinter ihm stand die Tür der Kabine unheilvoll klaffend weit auf.

Schwerfällig stand er auf, zog seine Ausrüstung aus und verstaute sie in dem Wandschrank neben der Kabine. Nichts von dem, was er gesehen hatte, blieb in seinem Kopf. Er war trunken, wie aus dem Gleichgewicht geraten. Zum ersten Mal fragte er sich, ob er weiterleben könne, nachdem er alle seine Erinnerungen zerstört hatte. Es war nur ein flüchtiger Gedanke, der für die Zeitspanne eines Augenblicks durch ihn hindurchgegangen war. Wieviele Sitzungen würde er noch brauchen?...

32

Undeutlich wurde ihm ein Hin- und Hergeschiebe in der Nähe des Hauses bewußt, als sich das Dach hob, um dann etwas tiefer herabzufallen. Er ging dahin, ohne an etwas zu denken, ohne etwas zu sehen. Er hatte nur den Eindruck einer Erwartung. Etwas würde bald geschehen.
Als er ganz nahe am Haus angekommen war, bemerkte er sein seltsames Aussehen und das Verschwinden der Hälfte des zweiten Stockwerks.
Er ging hinein. Lil war da, sie kümmerte sich um unwichtige Dinge. Sie war gerade heruntergekommen.
»Was ist los?« fragte Wolf.
»Hast du gesehen...«, sagte Lil mit Baßstimme.
»Wo ist Lazuli?«
»Es ist nichts mehr da«, sagte Lil. »Sein Zimmer ist mit ihm verschwunden, das ist alles.«
»Und Folavril?«
»Sie ruht sich in unserem aus. Stör sie nicht, das hat sie sehr erschüttert.«
»Lil, was soll diese Geschichte?« sagte Wolf.
»Oh, ich weiß nicht«, sagte Lil. »Frag lieber Folavril, sobald sie imstande ist, dir zu antworten.«
»Ja, hat sie denn nichts zu dir gesagt«, beharrte Wolf.
»Doch«, sagte Lil, »aber ich habe nichts begriffen. Wahrscheinlich bin ich dumm.«
»Aber nein«, sagte Wolf höflich.
Er schwieg einige Augenblicke.
»Sein Knirps hat ihn bestimmt wieder angesehen«, sagte er. »Darauf hat er sich erregt und sich mit ihr gestritten?«
»Nein«, sagte Lil. »Er hat mit ihm gekämpft und hat sich schließlich selber verletzt, als er auf sein Messer gefallen ist. Folavril behauptet zwar, er habe sich willentlich Messerstiche zugefügt, aber es ist mit Sicherheit ein Unfall. Es hat den Anschein, daß es ein Haufen Männer war, und alle waren ihm gleich, und sie sind verschwunden, als er gestorben ist. Eine Geschichte, bei der man im Stehen schlafen kann.«

»Wir stehen alle«, sagte Wolf, »für etwas müssen wir die Gelegenheit schließlich nützen. Um zu schlafen, zum Beispiel.«
»Und der Blitz ist in das Zimmer eingeschlagen«, sagte Lil, »und alles ist mit ihm verschwunden.«
»Folavril war also nicht drin?«
»Sie war gerade heruntergekommen, um Hilfe zu holen«, sagte Lil.
Wolf dachte nach, der Blitzschlag zeitigt wunderliche Folgen.
»Der Blitzschlag zeitigt seltsame Folgen«, sagte er.
»Ja«, sagte Lil.
»Ich erinnere mich«, sagte Wolf, »als ich eines Tages einmal auf der Fuchsjagd war, hat es ein Gewitter gegeben, und der Fuchs hat sich in einen Erdwurm verwandelt.«
»Ach … «, sagte Lil uninteressiert.
»Und ein anderes Mal«, sagte Wolf, »ist ein Mann auf einer Landstraße völlig entkleidet und blau angestrichen worden. Außerdem ist seine Form verändert worden. Man hätte meinen können, ein Auto. Und wenn man einstieg, ist es gefahren.«
»Ja«, sagte Lil.
Wolf schwieg. Kein Lazuli mehr. Trotzdem mußte er hinaufgehen, obgleich das überhaupt nichts ändern würde. Lil hatte eine Tischdecke über den Tisch gebreitet, sie öffnete den Geschirrschrank, um die Gedecke aufzulegen. Sie nahm Teller und Gläser und ordnete sie an.
»Gib mir die große, gläserne Salatschüssel«, sagte sie.
Es war ein Geschirr, auf das Lil ungeheuren Wert legte. Ein großes, helles, ziemlich schweres und solide gearbeitetes Ding.
Wolf bückte sich und nahm die Salatschüssel. Lil stellte gerade die Gläser auf den Tisch. Er hob die Salatschüssel zwischen seine Augen und das Fenster, um die vielfarbigen Sonnenspektren zu sehen. Und dann langweilte ihn das, und er ließ sie los. Die Salatschüssel fiel auf den Boden und verwan-

delte sich mit einer schrillen Note in weißen, knirschenden Staub.
Erstarrt sah Lil Wolf an.
»Es ist mir gleichgültig«, sagte er. »Ich habe es absichtlich getan und ich sehe, daß es mir gleichgültig ist. Selbst, wenn es dir unangenehm ist. Ich weiß, daß es dir sehr unangenehm ist, und trotzdem empfinde ich nichts. Deshalb gehe ich weg. Es ist Zeit.«
Er ging hinaus, ohne sich umzudrehen. Der obere Teil seines Oberkörpers ging am Fenster vorbei.
Lil war wie versteinert, sie machte keine Bewegung, um ihn zurückzuhalten. Plötzlich kristallisierte sich in ihr ein klares Begreifen. Sie würde zusammen mit Folavril das Haus verlassen. Sie würden beide ohne jemanden fortgehen.
»In Wirklichkeit«, sagte sie laut, »sind sie nicht für uns geschaffen. Sie sind für sich selber geschaffen. Und wir für nichts.«
Sie würde Marguerite, das Dienstmädchen, zurücklassen, damit sie sich um Wolf kümmere.
Falls er zurückkäme.

33

Sobald sich die Kabinentür hinter ihm geschlossen hatte, spürte Wolf, wie ihn eine furchtbare Angst überwältigte; er keuchte; die hart gewordene Luft drang kaum in seine gierigen Lungen ein, und ein Eisenring drückte seine Schläfen zusammen. Leichte Fäden zogen über sein Gesicht, und mit einem Mal befand er sich in dem mit Sand getrübten Wasser des Strandes. Über sich sah er das blaue Häutchen der Luft, er schwamm verzweifelt; eine von weißer Seide eng umschlossene Silhouette streifte ihn. Durch einen Elementarreflex legte er seine Hand aufs Haar, bevor er aufstieg. Triefend und atemlos tauchte er auf und sah vor sich das Lächeln und die gelockten Haare eines dunkelhaarigen Mädchens, dem die Sonne einen braungebrannten Teint geschenkt hatte. Sie schwamm mit schnellen Stößen dem Ufer zu – er machte kehrt und folgte ihr. – Er stellte fest, daß die beiden alten Damen nicht mehr da waren. Doch in einiger Entfernung stand mitten auf dem Strand ein kleiner Strandkorb, den er zuvor nicht bemerkt hatte. Er würde sich später damit beschäftigen. Er faßte wieder Fuß auf dem gelben Boden und ging zu dem Mädchen hinüber. Sie kniete auf dem Sand und knotete auf dem Rücken das Band ihres Badeanzugs auf, um mehr Sonne zu bekommen. Wolf ließ sich neben sie fallen.

»Wo ist denn Ihr Kupferschild?« fragte er.

Sie streckte ihren linken Arm aus.

»Ich trage es am Handgelenk«, sagte sie. »Das ist nicht so offiziell. Ich heiße Carla.«

»Kommen Sie für das Ende des Interviews?« fragte Wolf, ein wenig bitter.

»Ja«, sagte Carla. »Vielleicht werden Sie mir sagen, was Sie meinen Tanten nicht sagen wollten.«

»Waren diese beiden Damen Ihre Tanten?« fragte Wolf.

»Das sieht man ihnen doch an«, sagte Carla. »Oder finden Sie nicht?«

»Es sind entsetzliche Wanzen«, sagte Wolf.

»Na, na«, sagte Carla, »früher waren Sie liebevoller.«

»Es sind alte Wutzen«, sagte Wolf.

»Oh!« sagte Carla, »Sie übertreiben. Sie haben nichts Lüsternes von Ihnen wissen wollen …«

»Sie brannten vor Verlangen danach«, sagte Wolf.

»Wen erachten Sie eigentlich Ihrer Zuneigung für wert?« fragte Carla.

»Ich weiß nicht mehr«, sagte Wolf. »Es gab einen Vogel, auf der Kletterrose vor meinem Fenster, der machte mich jeden Morgen wach, indem er mit dem Schnabel leise gegen die Scheibe klopfte. Es gab eine graue Maus, die nachts kam und um mich herumlief und den Zucker fraß, den ich für sie auf

den Nachttisch legte. Es gab eine schwarzweiße Katze, die mich nicht verließ und die meine Eltern warnen ging, wenn ich zu hoch auf einen Baum hinaufkletterte.«
»Nichts als Tiere«, stellte Carla fest.
»Deshalb habe ich auch versucht, dem Senator eine Freude zu machen«, erklärte Wolf. »Wegen des Vogels, der Maus und der Katze.«
»Sagen Sie mal«, fragte Carla, »hat es Ihnen wehgetan, wenn Sie in ein Mädchen verliebt waren – ich meine leidenschaftlich verliebt –, daß Sie sie nicht bekommen haben?«
»Es hat mir wehgetan«, sagte Wolf, »und dann hat es aufgehört, mir wehzutun, weil ich es armselig fand, daß man Liebeskummer haben kann und nicht daran stirbt, und ich war es leid, armselig zu sein.«
»Sie widerstanden Ihren Begierden«, sagte Carla. »Das ist seltsam... warum ließen Sie sich nicht einfach gehen?«
»Meine Begierden zogen immer jemand anderes in die Sache hinein«, sagte Wolf.
»Und Sie haben selbstverständlich nicht in einem Blick zu lesen verstanden«, ergänzte Carla.
Er sah sie ganz nahe vor sich, frisch, braungebrannt, und gebogene Wimpern beschatteten ihre gelben Augen. Ihre Augen, in denen er jetzt besser las als in einem aufgeschlagenen Buch.
»Das Buch«, sagte er, um sich von der Anziehungskraft freizumachen, die auf ihn einwirkte, »ist nicht unbedingt in einer Sprache geschrieben, die man versteht.«
Carla lachte, ohne den Kopf umzudrehen; ihr Ausdruck hatte sich geändert. Jetzt war es zu spät. Ganz eindeutig.
»Sie haben immer Ihren Begierden widerstehen können«, sagte sie. »Und Sie können es immer noch. Deshalb werden Sie auch enttäuscht sterben.«
Sie stand auf, streckte sich und stieg ins Wasser. Wolf folgte ihr mit den Augen bis zu dem Augenblick, in dem der braune Kopf unter dem blauen Fußboden des Meeres verschwand.

Er begriff nicht. Er wartete ein wenig. Nichts tauchte wieder auf.
Benommen richtete er sich nun ebenfalls auf. Er dachte an Lil, seine Frau. Was war er für sie anderes gewesen als ein Fremder? Als ein schon Toter?
Wolf ging weich durch den weichen Sand. Enttäuscht, leergebrannt - durch sich selber. Er ging dahin mit hängenden Armen und schwitzte unter der grausamen Sonne. Ein Schatten zeichnete sich vor ihm ab. Der Schatten eines Schilderhauses. Er stellte sich dort unter. Ein Schalter war darin eingelassen, hinter dem er das Gesicht eines völlig gebrochenen Beamten erkannte, der einen gelben, flachen Strohhut auf dem Kopf hatte und dazu einen steifen Kragen und eine kleine schwarze Krawatte trug.
»Was tun Sie hier?« fragte der Alte.
»Ich warte, bis Sie mich verhören«, sagte Wolf mechanisch und lehnte sich an den Schalter.
»Sie müssen mir die Gebühr bezahlen«, sagte der Beamte.
»Welche Gebühr?« fragte Wolf.
»Sie sind geschwommen, also müssen Sie die Gebühr bezahlen.«
»Womit?« sagte Wolf. »Ich habe kein Geld.«
»Sie müssen mir die Gebühr bezahlen«, sagte der andere noch einmal.
Wolf dachte angestrengt nach. Der Schatten des Schilderhäuschens tat ihm gut. Es war sicherlich das letzte Verhör. Oder das vorletzte nach dem verteufelten Plan.
»Wie lautet Ihr Name?« fragte er.
»Die Gebühr...«, verlangte der andere hingegen.
Wolf begann zu lachen.
»Es gibt keine Gebühr«, sagte er. »Ich brauche nur wegzugehen, ohne zu bezahlen.«
»Nein«, sagte der andere. »Sie sind nicht allein. Alle Welt bezahlt die Gebühr, Sie müssen es genauso machen wie alle Welt.«

»Wozu dienen Sie?« fragte Wolf.
»Zur Eintreibung der Gebühr«, sagte der kleine Alte. »Ich tue meine Arbeit. Haben Sie die Ihre getan? Wozu haben Sie überhaupt gedient?«
»Es ist schon genug, daß man existiert...«, sagte Wolf.
»Ganz und gar nicht...«, antwortete der Alte. »Man muß seine Arbeit tun.«
Wolf zog leicht an dem Schilderhäuschen. Es hielt nicht sonderlich gut.
»Hören Sie«, sagte Wolf, »bevor ich weggehe. Die letzten Kapitel des Plans sind in Ordnung. Ich schenke sie Ihnen. Ich werde etwas ein wenig ändern.«
»Seine Arbeit tun«, wiederholte der Alte. »Notwendig.«
»Keine Arbeit, keine Arbeitslosigkeit«, sagte Wolf. »Stimmt das oder stimmt das nicht?«
»Die Gebühr«, sagte der Alte. »Bezahlen Sie die Gebühr. Keine Interpretationen.«
Wolf lachte höhnisch.
»Ich werde meinen Instinkten nachgeben«, sagte er emphatisch. »Zum ersten Mal. Nein, zum zweiten, es stimmt. Ich habe schon eine gläserne Salatschüssel zerbrochen. Sie werden jetzt sehen, wie eine beherrschende Leidenschaft meiner Existenz entfesselt wird: der Haß auf das Nutzlose.«
Er stemmte sich gegen das Schilderhäuschen, strengte sich heftig an, und das Schilderhäuschen schwankte. Der kleine Alte blieb mit seinem flachen Strohhut auf seiner Kiste sitzen.
»Mein Schilderhäuschen«, sagte er.
»Ihr Schilderhäuschen liegt am Boden«, gab Wolf zur Antwort.
»Das wird Ihnen bitter aufstoßen«, sagte der Alte. »Ich werde einen Bericht schreiben.«
Wolfs Hand schlug auf den Halsansatz des Greises herab, der wimmerte. Wolf zwang ihn aufzustehen.
»Kommen Sie«, sagte er. »Wir werden den Bericht zusammen schreiben.«

»Lassen Sie mich los«, protestierte der Alte und schlug um sich. »Lassen Sie mich sofort in Ruhe oder ich rufe.«
»Wen?« fragte Wolf. »Kommen Sie mit. Lassen Sie uns ein wenig gehen. Man muß seine Arbeit tun. Und die meine besteht zunächst einmal darin, Sie mitzunehmen.«
Sie gingen durch den Sand, wobei Wolfs Hand den Hals des gebeugten alten Mannes, dessen gelbe Stiefel häufig ins Stolpern gerieten, wie eine Kralle gepackt hielt. Die bleierne Sonne fiel wie eine Masse auf Wolf und seinen Begleiter herab.
»Zunächst einmal darin, Sie mitzunehmen«, sagte Wolf noch einmal. »Und dann … Sie auf den Boden zu werfen.«
Er tat es. Der Alte wimmerte vor Angst.
»Weil Sie nutzlos sind«, sagte Wolf. »Und weil Sie mich stören. Und jetzt mache ich mich von allem frei, was mich stört. Von allen Erinnerungen. Von allen Hindernissen. Anstatt mich zu beugen, mich zu überwinden, mich verblöden zu lassen … mich zu verschleißen … ich habe einen Horror davor, mich mit all dem zu verschleißen … Denn ich verschleiße mich, hören Sie!« brüllte Wolf. »Ich bin schon älter als Sie.«
Er kniete neben dem alten Herrn nieder, der ihn mit entsetzten Augen anstarrte und die Kiefer aufsperrte wie ein Fisch auf dem Trockenen. Und dann nahm er eine Handvoll Sand und stopfte sie in den zahnlosen Mund.
»Pille für die Kindheit«, sagte er.
Der Alte spuckte, sabberte und würgte.
Wolf nahm eine zweite Handvoll.
»Eine für die Religion.«
Bei der dritten fing der Alte an blaß zu werden.
»Eine für die Schulzeit«, sagte Wolf. »Und eine für die Liebe. Und schlucken Sie das alles herunter, Herrgottnochmal.«
Mit der linken Hand nagelte er das jämmerliche Wrack, das vor ihm erstickte und dabei ein gedämpftes Knurren von sich gab, auf den Boden.
»Und noch eine«, sagte er und parodierte Monsieur Perle, »für Ihre Tätigkeit als Zelle eines Gesellschaftskörpers …«

Seine rechte Hand, zur Faust geschlossen, stampfte den Sand zwischen das Zahnfleisch seines Opfers.
»Und die letzte«, schloß Wolf, »die habe ich für Ihre eventuellen metaphysischen Ängste reserviert.«
Der andere rührte sich nicht mehr. Die letzte Handvoll Sand breitete sich über seinem schwärzlichen Gesicht aus und sammelte sich in den eingefallenen Augenhöhlen und bedeckte die blutunterlaufenen, aus ihren Höhlen gesprungenen Augen. Wolf sah ihn an.
»Wer ist einsamer als ein Toter...«, murmelte er. »Aber wer ist zugleich toleranter? Wer ist beständiger ... wie, Monsieur Brul, und wer ist liebenswürdiger? Wer ist seiner Funktion angepaßter... und freier von jeglicher Angst?«
Er hielt inne, stand auf.
»Man macht sich von dem frei, was einen stört, erster Punkt«, sagte er, »und macht einen Leichnam daraus. Also etwas Vollkommenes, denn nichts ist vollkommener, vollendeter als ein Leichnam. Das ist eine nutzbringende Operation. Zwei Fliegen auf einen Schlag.«
Wolf ging dahin. Die Sonne war verschwunden. Ein langsamer Nebel stieg vom Boden auf und zog in grauen Schwaden dahin. Bald sah er nicht mehr seine Füße. Er spürte, daß der Boden hart wurde und gegen den spröden Felsen stieß.
»Ein Toter«, fuhr Wolf fort, »ist etwas Gutes. Etwas vollständiges. So was hat kein Gedächtnis. *Es ist abgeschlossen.* Man ist nicht vollständig, solange man nicht tot ist.«
Er spürte, daß der Boden steil anstieg. Ein Wind erhob sich, der den Nebel vertrieb. Wolf, tief gekrümmt, kämpfte und kletterte, wobei er sich jetzt seiner Hände bediente, um vorwärtszukommen. Es war dunkel, doch er erkannte über sich eine fast senkrechte Felswand, an die sich Kriechpflanzen klammerten.
»Natürlich bräuchte man nur zu warten, um zu vergessen«, sagte Wolf. »Das würde auch gehen. Aber hier wie überall sonst... gibt es Leute, denen es schwerfällt zu warten.«

Er klebte fast an der senkrechten Wand und stieg nur langsam auf. Einer seiner Fingernagel verklemmte sich in einer Spalte des Steins. Mit einem kurzen Ruck zog er seine Hand zurück. Sein Finger begann zu bluten, und im Innern klopfte das Blut schneller.

»Und wenn es einem schwerfällt zu warten«, sagte Wolf, »und wenn man sich selber stört, hat man den Grund und den Vorwand – und wenn man sich freimacht von dem, was einen stört... von sich selber... dann reicht man an die Vollkommenheit heran. Ein Kreis, der sich schließt.«

Seine Muskeln verkrampften sich in unsinnigen Anstrengungen, und er stieg immer noch bergan, wie eine Fliege an der Mauer klebend. Pflanzen mit scharfen Krallen zerrissen seinen Körper an tausend Stellen. Kurzatmig, erschöpft, näherte sich Wolf dem Gipfel.

»Ein Feuer aus dem Holz des Wacholderstrauchs... in einem Kamin aus blassen Ziegeln...«, sagte er noch.

In diesem Augenblick erreichte er den Gipfel der Felswand, und wie in einem Traum spürte er unter seinen Fingern die Kälte der Stahlkabine und auf seinem Gesicht die Ohrfeige des von vorn kommenden Winds. Nackt in der eisigen Luft zitterte er und klapperte mit den Zähnen. Unter der Wucht eines heftigeren Windstoßes hätte er beinahe losgelassen.

»Wann ich will« , brummte er mit zusammengepreßten Zähnen. »Ich habe meinen Begierden immer zu widerstehen vermocht...«

Er machte die Hände auf, sein Gesicht entkrampfte sich und seine Muskeln entspannten sich.

»Aber ich sterbe, weil ich sie verbraucht habe...«

Der Wind riß ihn von der Kabine los, und sein Körper wirbelte in der Luft.

34

»Na«, sagte Lil, »sollen wir die Koffer packen?«
»Wir packen sie«, antwortete Folavril.
Sie saßen in Lils Zimmer auf dem Bett. Sie sahen müde aus. Beide.
»Und außerdem gibt es keine ernsten Männer mehr«, sagte Folavril.
»Nein«, sagte Lil. »Nur noch abscheuliche Schürzenjäger. Welche, die tanzen, welche, die sich schön anziehen, die gut rasiert sind und die Socken aus rosa Seide tragen.«
»Oder aus grüner Seide, für mich«, sagte Folavril.
»Und fünfundzwanzig Meter lange Autos«, sagte Lil.
»Ja«, sagte Folavril. »Und wir werden sie kriechen lassen.«
»Auf den Knien. Und auf dem Bauch. Und sie werden uns Nerzmäntel kaufen, Spitzen, Schmuck und uns Putzfrauen bezahlen.«
»Mit Organdyschürzen.«
»Und wir werden sie nicht lieben«, sagte Lil. »Und wir werden ihnen ganz schön Bescheid stoßen. Und wir werden sie nie fragen, wo ihr Geld herkommt.«
»Und wenn sie intelligent sind«, sagte Folavril, »lassen wir sie sitzen.«
»Es wird wunderbar sein«, strahlte Lil.
Sie stand auf und ging für einige Augenblicke hinaus. Dann kam sie zurück und schleppte zwei riesige Koffer an.
»Hier«, sagte sie. »Einen für jede.«
»Den bekomme ich nie voll«, versicherte Folavril.
»Ich auch nicht«, gab Lil zu, »aber das macht mehr daher. Und außerdem ist es nicht so schwer zu tragen.«
»Und Wolf«, fragte Folavril plötzlich.
»Er ist jetzt seit zwei Tagen fort«, sagte Lil sehr ruhig. »Er wird nicht mehr zurückkommen. Außerdem brauchen wir ihn nicht.«
»Mein Traum«, sagte Folavril, während sie nachdachte, »mein Traum wäre es, einen Päderasten mit einem Sack voll Geld zu heiraten.«

35

Die Sonne stand schon sehr hoch, als Lil und Folavril aus dem Haus gingen. Sie waren beide sehr gut angezogen. Vielleicht ein wenig zu auffällig, aber geschmackvoll. Die allzu schweren Koffer hatten sie schließlich in Lils Zimmer zurückgelassen. Man würde sie abholen lassen.
Lil trug ein immergrünes Wollkleid, das ihren Oberkörper und ihre Hüften stramm hervortreten ließ; ein langer Seitenschlitz ließ ihre rauchgrauen Strümpfe sehen. Kleine blaue Schuhe mit großen Schleifenbändern, eine große Wildledertasche in dazu passender Farbe und ein Perlenstrauß in ihrem blonden Haar vervollständigten ihre Toilette. Folavril hatte ein sehr strenges schwarzes Schneiderkostüm und eine Hemdbluse mit einer duftigen Brustkrause an, dazu trug sie lange schwarze Handschuhe und einen schwarzweißen Hut. Es fiel schwer, sie nicht zu bemerken; aber auf dem Karree war niemand außer der Maschine, die unheilvoll in den leeren Himmel ragte.
Sie gingen aus einem Rest an Neugierde an ihr vorbei. Der Graben, der die Erinnerungen empfangen hatte, klaffte dunkel, und als sie sich vorbeugten, sahen sie, daß eine dunkle Flüssigkeit ihn jetzt fast ganz füllte. Auf dem Metall der Pfosten entdeckte man allmählich seltsam tiefe Korrosionsspuren. Das rote Gras begann wieder überall zu wachsen, wo Wolf und Lazuli das Gelände abgemäht hatten, um die Apparate aufzustellen.
»Das wird nicht lange halten», sagte Folavril.
»Nein«, sagte Lil. »Wieder etwas, das ihm mißlungen ist.«
»Vielleicht hat er erreicht, was er wollte«, bemerkte Folavril abwesend.
»Ja«, sagte Lil zerstreut. »Vielleicht. Gehen wir.«
Sie setzten ihren Weg fort.
»Wir werden ins Theater gehen, sobald wir angekommen sind«, sagte Lil. »Ich bin schon seit Monaten nicht mehr ausgegangen.«
»Oh ja!« sagte Folavril. »Ich habe ein solches Verlangen

danach. Und dann werden wir uns eine hübsche Wohnung suchen.«

»Gott!« sagte Lil. »Wie haben wir nur solange mit Männern zusammenleben können.«

»Reiner Wahnsinn«, bestätigte Folavril.

Ihre kleinen Absätze klapperten auf der Straße, als sie über die Mauer des Karrees stiegen. Das riesige Viereck lag verlassen, und die große Stahlmaschine löste sich, den Gewittern des Himmels preisgegeben, sachte auf. Einige hundert Schritte weiter, nach Westen zu, lag Wolfs Körper, nackt, fast unversehrt, mit dem Gesicht zur Sonne gewandt. Sein Kopf, in einem kaum wahrscheinlichen Winkel gegen die Schulter gepreßt, schien unabhängig von seinem Körper.

Nichts hatte in seinen weit geöffneten Augen bleiben können. Sie waren leer.

Zu dieser Ausgabe **»Das rote Gras«** (**L'Herbe rouge**) **schrieb Boris Vian** 1948/1949. Während der Arbeit wechselte er mehrfach den Titel, so hieß der Roman erst »Tote Bilder«, dann »Der leere Kopf« und schließlich »Der krepierte Himmel«. Der Übersetzung von Eugen Helmlé liegt der Text der 1950 bei Éditions Toutain erschienenen Erstausgabe zugrunde. Korrigiert wurde lediglich die Numerierung der Kapitelabfolge: In der Originalausgabe, die 36 Kapitel umfaßt, fehlt die Nummer VIII.

Klaus Völker

Boris Vian Geboren 1920 in Ville d'Avray. 1939 École Centrale des Arts et Manufactures in Angoulême. 1942 Ingenieursexamen. Begründet eine Amateurjazzband mit Claude Abadie. 1946/47 erscheinen seine ersten Romane, gefördert von Raymond Queneau und Jean-Paul Sartre. Bis 1947 Ingenieur; daneben und in den folgenden Jahren Schriftsteller, Jazztrompeter, Chansonnier, Schauspieler, Übersetzer und Leiter der Jazzplattenabteilung bei Philips. Starb 1959 in Paris.

Werke von Boris Vian
Verzeichnis der Erstausgaben

J'irai cracher sur vos tombes. Roman. Paris, 1946
Vercoquin et le plancton. Roman. Paris, 1946
L'Écume des jours. Roman. Paris, 1947
Les Morts ont tous la même peau. Roman. Suivi de *Les Chiens, le désir et la mort.*
L'Automne à Pékin. Roman. Paris, 1947
Barnum's Digest. Poèmes. Paris, 1948
Et on tuera tous les affreux. Roman. Paris, 1948
Cantilènes en gelée. Poèmes. Limoges, 1949
Les Fourmis. Nouvelles. Paris, 1949
L'Herbe rouge. Roman. Paris, 1950
L'Équarrissage pour tous. Pièce. Suivi de *Le dernier des métiers.* Paris, 1950
Elles se rendent pas compte. Roman. Paris, 1950
L'Arrache-cœur. Roman. Paris, 1953
En avant la Zizique. Esquisse d'une classification des chansons. Paris, 1958
Fiesta. Opéra en un acte. Livret de Boris Vian; Musique de Darius Milhaud. Paris, 1958
Les Bâtisseurs d'Empire. Pièce. Paris, 1959
Zoneilles (avec Michel Arnaud et Raymond Queneau). Paris, 1961
Je voudrais pas crever. Poèmes. Paris, 1962

Le Goûter des généraux. Pièce. Paris, 1962
Textes et chansons. Paris, 1966
Trouble dans les Andains. Roman. Paris, 1966
Chroniques de Jazz. Paris, 1967
Le Loup-garou. Suivi de douze autres nouvelles. Paris, 1970
Théâtre inédit: Tête de méduse, Série blême, Le Chasseur français. Paris, 1971
Chroniques du Menteur. Paris, 1974
Manuel de Saint-Germain-des-Prés. Texte présenté et établi par Noël Arnaud. Iconographie rassemblée par d'Déé. Chêne. Paris, 1974
Le Chevalier de neige. Paris, 1974
Le Dossier de l'affaire »J'irai cracher sur vos tombes«. Paris, 1974
Derrière la zizique. Paris, 1976
Petits Spectacles. Paris, 1977
Cinéma. Science-Fiction. Paris, 1978
Traité de civisme. Paris, 1979
Écrits pornographiques. Paris, 1980
Écrits sur le Jazz. Tome I. Jazz-Hot/Combat. Paris, 1981
Le Ratichon baigneur et autres nouvelles inédites. Paris, 1981
Autres Écrits sur le Jazz. Tome II. Paris, 1982
La Belle Époque (Variétés). Paris, 1982
Opéras. Paris, 1982
Chansons. Paris, 1984
Cents sonnets. Paris, 1984
Rue des ravissantes et dix-huit autres scénarios cinématographiques. Paris, 1989

BORIS VIAN

**Die Ameisen
und andere Erzählungen**

Die provozierendsten Erzählungen, die Vian je geschrieben hat – erstmalig in einer vollständigen Ausgabe.
»Vians Abscheu vor den ›Scheusalen‹ war ebenso glühend wie seine Liebe zu dem, was ihm am Herzen lag.«
Simone de Beauvoir

SALTO. Rotes Leinen, 160 Seiten

Der Herzausreißer

Der bitterböse Spiegel, den Boris Vian der Gesellschaft der Tiere, Pflanzen und diverser lebloser Gegenstände entgegenhält, zeigt ein geiles Pandämonium, bevölkert von erwachsenen Monstern, liegenden Kindern, Männern, die von Schiffen, Frauen, die von Mauern träumen – und einen eiligen Psychiater.

Wagenbachs Taschenbuch 201, 192 Seiten

Der Deserteur

Dieser Band sammelt Chansons, Satiren und Erzählungen, mit Bildern aus Vians Leben und einer literarisch-biographischen Einführung.

Wagenbachs Taschenbuch 211, 144 Seiten

Das rote Gras

Die Liebe bleibt, auch wenn ringsum alles verdampft. In diesem Roman erforschen die Männer vergeblich sich selbst, und die Frauen stehen und liegen kopfschüttelnd daneben.

Wagenbachs Taschenbuch 233, 152 Seiten

Ich werde auf eure Gräber spucken

Ein Buchhändler mischt erst eine Kleinstadt auf und macht sich dann an die Mädchen der Oberklasse. Ein vollkommen verrückter Roman aus den alten verfickten Zeiten: Boris Vian in der Verkleidung eines Sex-and-Crime-Schriftstellers!

Wagenbachs Taschenbuch 240, 136 Seiten.

Über Boris Vian:

Klaus Völker

Boris Vian: Der Prinz von Saint-Germain

»Ein berückend schönes und informatives Lese- und Bilderbuch.« Adolf Fink, FAZ

Klaus Völker, der Vian selbst noch erlebte, hat mit dessen Biographie gleich auch die Innenansicht jenes Kulturlaboratoriums geschrieben, das in den Cafés und Jazzkellern von Saint-Germain-des-Prés seine Filialen hatte, und in Boris Vian einen seiner waghalsigen, aber auch menschenfreundlichsten Feuerwerker.

Das Buch sammelt nicht nur zahllose Fotos und Dokumente zum Leben Vians, sondern zeigt auch rare Bilder seiner Freunde und seiner Umgebung.

Allgemeines Programm. Französische Broschur. Großformat, 160 Seiten

Verlag Klaus Wagenbach Berlin

Das rote Gras
erschien im September 1994
im Rahmen des Jubiläumsprogramms
30 Jahre Verlag Klaus Wagenbach

Wagenbachs Taschenbuch 233
Originalausgabe

 Umschlaggestaltung Rainer Groothuis unter Verwendung einer Zeichnung von Jens Bonnke. Gesetzt aus der Borgis Quadriga von der Offizin Götz Gorissen, Berlin. Gedruckt auf chlor- und säurefreiem Papier und gebunden durch Wagner, Nördlingen. Printed in Germany. ISBN 3 8031 2233 3